Leonhard F. Seidl, geboren 1976 in München, ist Schriftsteller und Sozialarbeiter. Er hat zahlreiche Preise und Stipendien erhalten, u.a. für seine Arbeit »Beschriebene Blätter – kreatives Schreiben mit straffälligen Jugendlichen«, wofür er freiwillig im Knast saß. Für *Fronten* bekam Seidl mehrere Stipendien, u.a. war er Stipendiat der Romanwerkstatt Literaturforum im Brecht-Haus sowie der Bayerischen Akademie des Schreibens im Literaturhaus München. Mit dem Roman *Mutterkorn* (Kulturmaschinen, 2011) debütierte er, darauf folgten die Kriminalromane *Genagelt* (Emons, 2014) und *Viecher* (Emons, 2015). Seidl ist Mitglied des PEN.

Geschichte wiederholt sich nicht,
aber sie reimt sich.

Mark Twain

Freitag, 4. März 2016
Auffing (Oberbayern)

Ayyub Zlatar

Weil ihn der Schnee zu sehr blendet, sind die Rollos immer noch geschlossen. Trotzdem kneift er die Augen zusammen.

Er hört, wie das Auto beschleunigt, wie immer an dieser Stelle, um dann wieder zu bremsen, falls oder weil durch das Tor ein Auto entgegenkommt. Tacka, tacka, tacka, rollen die Reifen über das Kopfsteinpflaster, das versickerte Salz des Schneeräumers. Dem roten Pfeil ist unbedingt Folge zu leisten, nicht falls oder weil, sondern immer. Das gilt auch für den Agenten des Geheimdienstes, will er nicht auffallen. Und er will nicht auffallen, was aber nichts daran ändert, dass Ayyub ihn erkennt.

Im Gegensatz zu dem schwarzen Pfeil bedeutet der rote Pfeil, dass man in der Defensive ist. Wie er seit Monaten, seitdem sie hinter ihm her sind. Wenn man den schwarzen Pfeil inmitten des roten Kreises auf seiner Seite hat, dann ist man der Angreifer, auf dem Vormarsch, ohne Rücksicht auf Verluste. Verluste fährt man ein, wenn man auch nur eine Sekunde unaufmerksam ist, zurückblickt. Wenn man sie aus den Augen verliert oder nicht ausreichend bewaffnet ist. Seitdem er weiß, dass sie hinter ihm her sind, hat er sich Waffe um Waffe besorgt, Schuss um Schuss. Er ist ausgebildet. Hat Sonntag um Sonntag Schießübungen durchgeführt. Sein Beitrag zum Krieg. Damals hatten die dunklen Mächte noch nicht erkannt, dass er ihnen ebenfalls gefährlich werden konnte. Jetzt ist es zu spät. Auch für die Agenten des Landratsamtes, die mit dem Geheimdienst zusammenarbeiten und ihn seit Wochen gängeln. In einem elfseitigen Brief hat er ihnen erklärt, warum er die Waffen braucht. Dringend braucht. Er dachte, die deutsche Behörde wäre noch nicht von feindlichen Agenten durchsetzt. Sie wollen, dass er sich nicht mehr verteidigen kann, sie hätten lieber die Angreifer entwaffnen sollen, dann hätte er sich nicht bewaffnen müssen. Der Krieg ist auch hier ausgebrochen.

Das Auto auf der Straße, weder Verteidiger noch Angreifer. Und doch Angreifer. Es bremst zu früh, beschleunigt dann aber nicht mehr. Parkt. Türen schlagen zu.

Er widersteht dem Impuls, das Rollo ein wenig hochzuziehen, um durch die kleinen, weißen Scharten hindurchsehen zu können.

Stattdessen zählt er flüsternd: »21, 22, 23.« Ein weiteres Auto, das zu früh abbremst. »21, 22, 23.« Stehen bleibt. Auch der Hubschrauber ist wieder da. Genau wie am Tag zuvor.

Jetzt nicht an Maria denken. Dann würde er sich ihnen ausliefern, als angreifbarer Verteidiger. Angekettet.

Ihm ist heiß, obwohl alle Waffen geladen sind. Er umschließt die Patrone mit den Fingern, saugt die Kälte auf. Umschließt den Schwertanhänger des Vaters.

Es läutet. Rring! Sie kommen. Um ihn zu holen. Er hat keine eindeutige Order, keinen Pfeil. Verdammt. Er befindet sich innerhalb des roten Kreises. Gefahrenzone. Dead or alive. Schwarzer oder roter Pfeil? Angriff oder Verteidigung? »Angriff ist die beste Verteidigung«: Die Kollegen im Schützenverein in Ludwigshafen. Er greift nach seinem Colt, nimmt seine Magnum in die andere Hand, umklammert beide Waffen, spürt, bumm ... bumm ... bumm ... bumm, wie sich sein Herzschlag verlangsamt. Rring! Wie das Klingeln ihn wieder beschleunigt. Es hört sich nach Verhandeln an. Aus. Wieder ein Auto. Tacka,

tacka, tacka. »21, 22, 23.« Angriff, »21«, Verteidigung, »22«, Angriff, »23«. Beim dritten Klingeln, Rrring!, lässt er die Griffe los, legt die Waffen auf den abgegriffenen Holztisch. Leise, wie seine Schritte, die sich müde zur Tür bewegen. Draußen warten sie auf ihn. Angriff, »21«, oder Verteidigung, »22«? Er dreht den Schlüssel herum und öffnet. Die Kirchturmuhr schlägt neunmal.

»Grüß Gott. Ayyub Zlatar?«

Das Licht im Gang blendet ihn. Er erkennt lediglich die Umrisse zweier Männer. Und nickt.

»Polizeiwachtmeister Fend. Das ist mein Kollege Stadlmaier.«

»Grüß Gott«, sagt eine dunkle Stimme.

Seine Augen gewöhnen sich an die Helligkeit. Zwei Polizisten stehen vor ihm. Verteidigung.

»Wir sind auf Anordnung des Landratsamtes da, um Ihre Waffen sicherzustellen.« Er sieht ganz genau, wie sie über ihn lachen.

Bumm. Bumm. Bumm. Bumm. Noch bevor er die Hände abwehrend heben kann, halten sie ihm einen Zettel unter die Nase und drücken sich an ihm vorbei in die Wohnung. Wieder fährt ein Wagen vorbei, tack, tack, tack, beschleunigt, tacka, tacka, tacka. Er dreht sich um und sieht den Agenten hinterher, die in seine Wohnung gehen. »21, 22, 23.« Verteidigung.

Keine fünfzehn Minuten dauert es, bis sie alles leergeräumt haben. Bis Waffe für Waffe, Kugel für Kugel in die Kiste gewandert ist. Noch bevor er es verhindern kann. Keine Verteidigung, kein Angriff. Planänderung. Er muss sich die Waffen und die Munition zurückholen. Ohne Waffen kein Angriff und ohne Munition keine Verteidigung. Weder gegen die Polizei noch gegen den Geheimdienst. Er macht einen Schritt zurück. Kneift die Augen zusammen, mustert sie.

»Es fehlen Waffen«, sagt der Polizist.

»Die sind in der Reparatur.«

Er schaut seinen Kollegen an. Der zuckt mit den Schultern und wendet sich zur Tür.

»Kommens doch bittschön später in die Polizeiinspektion und bringens den Reparaturschein. Außerdem brauchen wir noch eine Unterschrift fürs Protokoll.« Wieder ein Grinsen. Er nickt nur. Er will nicht, muss aber. Für Worte ist kein Platz in dieser Zwischenwelt. Ohne Angriff oder Verteidigung. Er muss sich wieder Platz schaffen. Sich einordnen. Seinen Platz schaffen. Seine Jacke benötigt er nicht, aber sein Kragen ist zu eng. Er holt Uho aus dem Keller. Geht in den Hof und lässt ihn fliegen. Ob er will oder nicht.

Seine Sonnenbrille hat er vergessen. Weswegen er fast ein Auto übersieht, das viel zu schnell von rechts kommt, tacka, tacka, tacka, als er auf die Straße tritt. Bumm, bumm, bumm, bumm. Hupt. Er springt zurück auf den Gehweg, wohin sie ihm nicht folgen. Dieses Mal haben sie es nicht geschafft, ihn zu beseitigen. Genauso wenig wie der rote Mercedes, den sie erst gestern gegen den gelben Renault ausgetauscht haben. »21, 22, 23.«

Sein Wagen springt nicht gleich an. Aber dann: Tack, tack, tack, rollt er durch das Tor. Der rote Pfeil auf seiner Seite. Und trotzdem Angriff. Bald.

Der 4. März 1988 war ein Freitag. Es war der 64. Tag des Schaltjahres 1988. Helmut Kohl war Bundeskanzler, Richard von Weizsäcker Bundespräsident, SV Werder Bremen wurde deutscher Meister und der Boxweltmeister Cassius Clay, besser bekannt als Muhammad Ali, war bereits an Parkinson erkrankt. Zwei Wochen später starben in der hauptsächlich von Kurden bewohnten Stadt Halabdscha fast 5000 Menschen durch einen Giftgasangriff der irakischen Luftwaffe. O.K. stand mit »Okay« auf Platz zwei der Top Ten, und um 14:20 Uhr begann der 5. Teil der Serie »Das Erbe der Väter« auf ARD.

4. März 1988
Nordostirak, Kurdistan

Roja Özen

Vater wachte auf dem Schemel hinter der Holztür. In der Stube des Hauses, das er mit seinen eigenen Händen erbaut hatte, am Rande der Stadt. Die schwarz-weiß karierte Kufiya um das volle schwarze Haar gebunden. Die Finger der linken Hand sprangen über die Perlen der Misbaha, die andere hielt das Gewehr. Noch vor wenigen Stunden, vor Einbruch der Dunkelheit, waren Schüsse gefallen, hatten sich seine Genossen Kämpfe mit den angreifenden irakischen Soldaten geliefert.

Er fuhr sich durch den buschigen Oberlippenbart. Sah hinüber zu Mutter, die auf der Matratze aus Stroh ruhte. Ihr Brustkorb hob und senkte sich, sie atmete gepresst. Um etwas zu tun, erhob sich Vater, ohne das Gewehr aus der Hand zu legen. Er ließ die Gebetskette in die Tasche seines khakifarbenen Overalls gleiten und ging zum Holzofen am anderen Ende des niedrigen Raumes, am selbstgezimmerten Esstisch vorbei. Die Tür des Ofens quietschte, als er sie öffnete. Wasser brodelte auf der Kochplatte, hüllte Vaters Kopf in seltsames Schweigen. Schweißtropfen bildeten sich auf seiner Stirn. Er schob einen Holzscheit hinein, den die Flammen umschlangen. Mutter bog stöhnend den Rücken durch, drückte die lederne Haut von Großmutters knochiger Hand, die neben dem Bett saß. Da knallte es. Vater legte das Gewehr an und zielte auf die Tür. Die Flammen malten seinen zitternden Schatten auf die Wand aus Lehm und Stein.

4. März 1988
Auffing (Oberbayern)

Markus Keilhofer

Mutter hielt die Hände vor die Augen. Ein Schatten fiel auf ihr Gesicht, Gänsehaut auf den Armen. Sie griff sich an die Brust, schnappte nach Luft, würgte. Noch bevor ihr die Hebamme die Nierenschale reichen konnte, quoll Schaum aus ihrem Mund, erbrach sie sich schwallartig. Zwischen Mutters Beinen der winzige Kopf mit den verklebten Haaren, eingeklemmt zwischen den Schamlippen. Mutters Lippen färbten sich bläulich. Sie keuchte, die Finger krallten sich in die Matratze, der Puls raste. Die Schwester rannte, kehrte mit dem Arzt zurück. Stück für Stück presste die Wehe den Körper des Säuglings hervor, kämpfte sich das Kind in die Welt: Hals, Oberkörper, Unterleib. Schrie blutüberströmt in den Armen der Hebamme. Mutter verdrehte die Augen. »Schwester, Oxytocin!« Die sehnige Nabelschnur durchtrennt von der Schere. Dickflüssige, gelbliche Milch floss aus ihren Brustwarzen. Die Herztöne des Neugeborenen unregelmäßig. Die Herztöne der Mutter verstummten.

Freitag, 4. März 2016
Auffing (Oberbayern)

Roja Özen

Sie verlässt den Laden, geht in Richtung des Stadttors über den Fluss. Der schmutzige Schnee sammelt sich am Straßenrand, überdeckt den Mittelstreifen. Wenn ein Auto vorbeifährt, weicht Roja einen Schritt zur Seite, um nicht nassgespritzt zu werden.

Im Stadttor nähert sich erneut ein Auto von hinten. Die Reifen zerquetschen lautstark den Schnee. Roja drückt sich an die Wand, so gut es ihr die vollgepackte Plastiktüte in der einen Hand und der Leinenbeutel in der anderen ermöglichen. Ein dritter Wagen folgt. Sie geht noch einen Schritt zur Seite, der Motor heult auf, sie bleibt stehen. Sie sieht den Wagen aus dem Augenwinkel näherkommen, lässt ihre Taschen fallen. Glas zerbricht, Dreck spritzt auf die weiße Arzthose. Am liebsten würde sie sich Augen und Ohren zuhalten. Der Motor heult auf. Und der Wagen braust davon.

Sie bückt sich, versucht, die Scherben herauszuziehen, die die Plastiktüte zerschnitten haben, und denkt: *Gerade heute.*

»Kann ich dir helfen?«, fragt da eine junge Stimme über ihr.

Sie schiebt ihr Kopftuch zurecht.

»Nein, danke«, antwortet sie, ohne aufzusehen.

»Kann ich dir helfen?«, fragt die Stimme erneut. Roja richtet sich auf. Vor ihr steht ein kleines Mädchen. An ihrem Nasenloch bläht sich eine Rotzblase auf. Ihre blaue Mütze, auf der ein orangefarbener Smiley seine Zähne fletscht, ist nach oben gerutscht. Darunter kämpfen sich blonde Locken hervor. Roja überlegt, ob sie das Mädchen aus Esthers Kindergarten kennt. Sie sieht sich um. Mutter oder Vater sind nirgends zu sehen.

»Lassen Sie das Mädchen in Ruhe!« Das Mädchen zuckt wie Roja zusammen. Ein alter Mann hat sich vor ihr aufgebaut.

Roja richtet sich auf und hastet verstört davon. Sie klettert in den Wagen, schlägt die Tür zu, sieht aus dem Fenster. Da ist er wieder. Sie dreht den Schlüssel herum und fährt los. Blech kracht, ihr Kopf wird nach vorne geschleudert.

»Grüß Gott, ich möchte einen Unfall melden, weil ich mir unsicher bin«, sagt Roja durch die Glasscheibe mit den blassweißen Löchern in der Mitte zu dem Polizisten.

»Gehens doch bittschön in das Zimmer Nr. 5, dritte Tür links zum Kollegen. Ich geb Bescheid«, sagt der Polizist.

Roja geht weiter, klopft, öffnet die Tür.

»Grüß Gott«, sagt der Polizist, steht auf und gibt ihr die Hand. »Hauptkommissar Josef Stehr.«

»Roja Özen.«

»Bittschön, nehmens Platz.«

Der Polizist lässt sich auf den Stuhl vor dem Computer fallen. Roja setzt sich auf den Stuhl gegenüber.

»Ihren Namen.«

»Roja…«

Der Schuss unterbricht Rojas Worte. Stoppt die Finger des Polizisten.

4. März 2016

Markus Keilhofer

Am Parkplatz:
Sonst stolzierst umeinand wie die erste Frau vom Sultan. Streckst deine kleine Nasen bis zum Himmel, als würden dir die einfachen Leut zu sehr stinken, als müssten wir dir schon den Weg freimachen, wenn du nur mit deine langen Wimpern klimperst. Tragst dein Regenschirm wie ein Zepter zur Schau, selbst wenns noch überhaupt nicht nach Regen ausschaut. Was zupfst denn gar so an deinem Putzlumpen auf deinem Schädel rum? Bist immer noch so fickrig, weil die Spezialeinheit vor ein paar Jahr deine Hütten gstürmt hat? So was erlebt ein Kleinhäusler ja sonst nur am Sonntagabend im *Tatort*.

Vor der Polizeiwach:
Das Gute am Winter ist, dass das Springkraut nicht blüht und die Wepsen nicht fliegen. Aber das heißt überhaupt nix. Man muss sie auf alle Fälle im Aug behalten. Hoppala, was macht denn der Bosnikanak aus dem Schützenverein da? Der schaut ja ganz schön grantig. Und was will der bei den Kollegen auf der Wach? War der Unfall von der Arschhochbeterin nur ein Ablenkungsmanöver? Arschhochbeterin und Bosnikanak: Jetzt hab ich den Beweis. Wenn mir noch beim Bier zusammensitzen, fängt der schon mit dem Schießen an. Und sonst sitzt er auch nur allein da. Angeblich, weil er Knoblauch gessen hat, und wir das nicht mögen, hat er zur Wirtin gsagt. Wahrscheinlich ist er bloß nicht interessiert an andere Menschen, an unserer Kultur. Ich hab zu den anderen Schützen gsagt, dass ichs nicht gut find, wenn der auf die Mannscheiben schießt. Aber die wollten ja nicht auf mich hören.

Der 12. Juli 1995 war ein Mittwoch. Es war der 193. Tag des Jahres. Helmut Kohl war Bundeskanzler, Roman Herzog Bundespräsident, Borussia Dortmund deutscher Meister. In Bayern waren Kurdenvereine aufgelöst worden und in Oklahoma City hatten Rechtsradikale drei Monate zuvor bei einem der schwersten Bombenanschläge in der Geschichte der USA 168 Menschen getötet. Rednex stand mit »Wish You Were Here« auf Platz eins der Top Ten und um 21:45 Uhr begann auf ARD der *Brennpunkt* »Massaker von Srebrenica«.

12. Juli 1995
Nationalpark Bayerischer Wald

Markus Keilhofer

Auf dem Baumwipfelpfad:
»Der Wald wird licht werden wie der Rock vom Bettelmann«, flüstert Großvater.
    Großmutter nickt: »Hat der Waldprophet, der Mühlhiasl, richtig vorhergsagt.«
    »Ob der scho was über die Chemtrails gwusst hat?«, flüstert Großvater.
    Großmutter nickt: »Der war seiner Zeit voraus.«
    Der Baumwipfelpfad: eine schwebende Holzschlang zwischen die Bäum. Großvaters ausrasiertes Genick. Großmutters kantige Hand. Markus' Kapuze. Ein Bär. Ein Wolf. Ein Luchs. Und ihre Spuren, aus Holz.
    Markus mit bumperndem Herz. Brettl für Brettl über die schwankende Brücken. Bloß ned durch das Draht-

gitter nach unten schaun. Auf den wackelnden Balken. Schritt für Schritt. Gschafft!

Der Drahtzaun zerschneidet den Wald in schiefe Vierecke. Zerschneidet Markus' ausgehende Luft. Hilft ihm, seine knappe Luft vor dem Großvater zu verstecken.

Der komische Turm vor ihm. Er unter dem komischen Turm. Der komische Turm über ihm. Wie ein auseinandergezogenes Schneckenhaus. In der Mitten von dem komischen Turm drei Bäum.

»Die Bäume in der Pyramiden«, flüstert Großvater.

Großmutter nickt: »Illuminaten.«

»Geplant vom Rothschild«, flüstert Großvater.

Großmutter nickt: »Und umgsetzt vom Weishaupt.«

»Gebt mir die Kontrolle über die Währung eines Landes, dann interessiert es mich nicht, wer die Gesetze macht.«

Großmutter nickt: »Hat der Rothschild gsagt.«

»Der war ned ganz koscher«, flüstert Großvater.

Großmutter lacht: »Obwohl er Jud war.«

Die Kurven hören nimmer auf. Der Druck in der Brust wächst, umso enger, umso höher die Kurven. Durchhalten, Rocky. Nur noch die Treppen. Weil er die Zähn zusammenbeißt, kommt die Luft zerteilt raus, auch diesmal darf der Großvater auf kein Fall was hören. Gschafft. Markus schiebt die flatternde Kapuze ins Genick. Vor ihm der Holzzaun. Auf Zehenspitzen. Darüber dunkler Wald. Berg. Himmel. Weiße Streifen. Gerade. Schief. Kreuz und quer. Dick und dünn. Wie Zuckerwatte. Blau und weiß. Schleier.

»Chemtrails«, flüstert Großvater.

Großmutter erschrickt: »Deswegen läuft mir die Nasn und brennen mir die Augn.«

»Schnell, das besonnte Ziegenmilchpulver mit Kampfer«, sagt Großvater.

Großmutter kruscht in ihrer Handtaschen. »Das muss noch im Auto liegn.«

»Und das Olivenöl mit Mohnblüten?«, flüstert Großvater.

Großmutter kruscht weiter in der Taschen. »Da is.« Sie zieht ein lilanes Flascherl und einen Esslöffel raus. Dreht auf, schüttet was auf den Löffel. Der Löffel mit Öl vor Markus seinem Mund. Riecht ranzig. »Geh weiter, nimm die Medizin, Guggile«, sagt Großvater und schiebt Markus zum Löffel.

Großmutter nickt: »Das hilft gegen das Gift von den Amis und dem Jud.«

Markus presst die Lippen zusammen. Großmutter presst den Löffel durch die Lippen. In den Mund. Hält dem Markus die Nasen zu. Markus schnauft. Und schluckt.

»Und jetzt zum Auto«, flüstert Großvater.

Großmutter nickt: »Damit mir ned noch mehr abkriegn.«

Im Auto:
»Schnell, die Türen zu«, sagt Großvater.

Großmutter nickt: »Und die Lüftung.«

»Wir kennen noch den Himmel von früher«, sagt Großvater.

Großmutter nickt: »Den kennst du schon gar nimmer, Guggile.«

»Wärens normale Kondensstreifen, täten sie sich nach kurzer Zeit auflösen«, sagt Großvater.

Großmutter nickt: »Aber die Chemtrails bleiben stundenlang am Himmel und werden irgendwann zu einer Wolkenschicht.«

»Die Amis und der Jud wollen uns in die Knie zwingen«, sagt Großvater.

Großmutter nickt: »Sie impfen die Wolken.«

»Der Zweite Weltkrieg ist noch ned vorbei«, sagt Großvater.

Großmutter nickt: »Der wird jetzt bloß mit andere Mittel gführt.«

»Mit Erdbeben zum Beispiel«, sagt Großvater.

Großmutter nickt. »Wie in Tschernobyl, wo die Amis das Atomkraftwerk in d' Luft gjagt habn.«

»Am 26. April 1986 um 1:23 Uhr«, sagt Großvater.

Großmutter nickt: »23, die Zahl von den Illuminaten.«

»Danach habn wir den radioaktiven Regen abgkriegt«, sagt Großvater.

Großmutter nickt: »Da hab ich nur noch Milchpulver einkauft.«

Ferienpark Arber:
»Dann bräuchte ich bitte Ihre Personalausweise.«

»Wir ghören nicht zum Personal der besetzten Bundesrepublik Deutschland«, sagt Großvater.

Die Frau hustet. »Da haben wir uns jetzt missverstanden. Ihre Ausweise bräuchte ich bitte.«

Großmutter nickt. Sucht in ihrer Handtaschen. Zieht die Ausweise raus. Gibt sie Großvater. Der hält sie der Frau hin. »Bittschön.«

»Reichsausweis Markus Keilhofer«, liest die Frau. Markus zuckt zusammen. Die Frau legt die Ausweise auf den Tisch. Langt nach einem Blattl. Und malt mit dem Kugelschreiber drauf. »Also. Da sind die Zeltplätze. Und da die Stellplätze mit Strom und Wasser.«

»Zeltplatz«, sagt Großvater.

»Haben Sie eigentlich eine Kegelbahn?«, fragt Großmutter.

In der Dusche:
Der nackerte Markus. Die angezogene Großmutter. Mit der Bürsten und dem Mohnblütenolivenöl. Das Wasser zu

kalt. Das Wasser zu heiß. Der große Mund. »Das Glied muss gwaschen werdn.« Die großen Augen. Die raue Bürsten. Auf seinem Gesicht. Seinem Hals. Seinen Schultern. Seiner Brust. Seinem Glied. Das raue Handtuch. Das müffelnde Öl in ihrer Hand. Ihre Händ auf seinem Gesicht. Seinem Hals. Seinen Schultern. Seiner Brust. Seinem Glied. Er macht die Augen zu.
Ich wünscht mir, du wärst da, Mutter.
Der Bademantel. Ausschnaufen.

Auf der Wiese:
Kinder um einen blonden Bub im roten T-Shirt. In der Hand eine Flaschn und eine Pistoln. Peng! Peng! Aus seinem Mund: »Joo, wooo.« Zermanscht vom Schreien von den anderen Kindern. Erste Regentropfen auf hängende weiß-rosa Blüten. Süßer Geruch.
»Indisches Springkraut«, flüstert Großvater.
Großmutter nickt: »Unkraut, verdrängt einheimische Pflanzen.«
»Schwarze Tollkirschen«, flüstert Großvater.
Großmutter nickt: »Die gute alte Zauberpflanzen, die war schon immer da.«
Ein Stecken unter der Birken. Zwischen Nacktschnecken und Blättern. Das Holz feucht. Ausholen. Zielen. Der Stecken saust durch die Luft: Treffer. Die Nacktschnecken biegt sich im Gras. Ausholen. Zielen. Stecken saust durch die Luft: Treffer! Die Nacktschnecken schebberts in die verregnete Dämmerung. Der Bub im roten T-Shirt auf einmal neben ihm. »Joo, wooo.« Deutet auf den Stecken. Packt ihn. Markus hält den Stecken fest. Rocky, gib alles. Der Bub zieht daran. »Essen!«, schreit Großmutter. Der Bub verschwindet in der verregneten Dämmerung.

Im Vorzelt:
»Ich hab scho wieder Verstopfung«, sagt Großvater.
Großmutter nickt. »Das kommt von den Chemtrails.«
»Lass uns beten«, sagt Großvater.
Großmutter nickt: »Ein Psalm Davids, zum Gedächtnis.«
»Herr, strafe mich nicht in Deinem Zorn und züchtige mich nicht in Deinem Grimm. Denn Deine Pfeile stecken in mir, und Deine Hand drückt mich. Und die mir nach dem Leben trachten, stellen mir nach; und die mir übelwollen, reden, wie sie Schaden tun wollen, und gehen mit eitel Listen um. Denn ich zeige meine Missetat an und sorge wegen meiner Sünde. Aber meine Feinde leben und sind mächtig; die mich unbillig hassen, derer ist viel.«

Im Zelt:
Der schnarchende Großvater. Die ranzig riechende Großmutter. Der warme Schlafsack. Die volle Blase. Durchhalten. Einschlafen, einschlafen, einschlafen.
Schleimige Nacktschnecken. Im Ohr. In der Nasen. Auf dem Gesicht.
Regentropfen schlagen aufs Zeltdach. Spülen die Schnecken weg. Die drückende Blase. Der plätschernde Bach. Markus zippt den Reißverschluss auf. Schält sich aus dem Schlafsack. Zieht das Moskitonetz auf. Zieht es zu. Kalte, feuchte Schuh. Müdes Laternenlicht. Nacktschnecken. Überall. Unsichtbar. Unter der Sohle: zerplatzt. Hosen runter. Der dampfende Strahl. Der plätschernde Bach. Der Gestank vom Springkraut. Hosen rauf. Die glänzenden Tollkirschen. Bitter.

Im Vorzelt:
In der Früh. Die Sonne. Die Schnecken fliehen ins hohe Gras. Die Wepsen kommen.

Großvater liest seine *National-Zeitung*.

»Das in Oklahoma waren Terroristen«, flüstert Großvater.

Großmutter nickt. »Muselmänner.«

Sssssssssssssss. Weps über dem Kaba. Sssssssssssssss. Weps über dem Marmeladenbrot. Sssssssssssssss. Weps über Großvaters Kaffee.

»Zefix, Scheißviecher!« Batz. Von der Zeitung erschlagen. Tot.

Sssssssssssssss. Weps über Großvaters Marmeladenbrot. Sssssssssssssss. Weps über Großmutters Tee. Sssssssssssssss. Weps über Großmutters Marmeladenbrot. Batz. Marmelad spritzt. »Scheißdreck!«

Sssssssssssssss. Weps auf Markus' Mund.

»Trinken lieber drinnen«, sagt Großmutter.

Großvater nickt.

Großmutter zieht das Moskitonetz auf. Markus schlupft rein. Samt Tass, samt Teller. Großmutter zieht es zu.

Im Zelt:

Markus in der Mitten. Allein. Mit Tass und Marmeladenbrot. Schaut nach oben, in die Pyramidenspitzen: Markus in der Pyramide. Großvater und Großmutter hinter dem weißen Netz: käsig. Der blonde Bub mit dem roten T-Shirt neben dem Zelt: plärrt. Die Wepsen über ihm: kreisen und krabbeln auf dem Innenzelt. Schatten, die ruckartig die Richtung ändern. Fühler, die aneinanderreiben. Stacheln, die zu ihm runterstechen.

12. Juli 1995
Jugoslawien

Ayyub Zlatar

Sein Urgroßvater war Goldschmied gewesen. Sein Großvater war Goldschmied gewesen. Sein Vater war Goldschmied gewesen. Und er wollte ebenfalls Goldschmied werden. Stattdessen hatte er von Vater eine Ohrfeige bekommen und musste den seit Jahren an der rauchgeschwärzten Hausmauer vor sich hin rostenden Škoda, mit dem sie früher nach Jesolo in den Urlaub gefahren waren, mit dem rötlichen Wasser aus dem Brunnen waschen, weil er den Müll auf den Wagen und nicht daneben geworfen hatte. Neben das Brennholz. Danach kippte er das Wasser in die stinkende Kanalisation.

Mit seiner älteren Schwester Camila musste er Löwenzahn, Brennnessel und wilden Spinat suchen, den ihre Mutter zu einer Suppe verkochte, die in der Nacht in den Mägen und Gedärmen donnerte. Die beiden durften nicht weiter als bis zu den Hügeln, auf denen verdorrte Sonnenblumen die Köpfe hängen ließen. Weiter oben war der Kopf ihres Schulfreunds Sulejman explodiert wie eine Melone. Vater und Großvater schwärmten in die umliegenden Dörfer aus, um bei anderen Familien Essen zu ergattern, das Wort betteln nahmen sie nicht in den Mund. Die Wölfe und Bären waren verschwunden, dafür war Ayyubs Onkel Mirsad zurückgekehrt, durch einen Fluss voller Leichen. Die Einzigen, die sich weit über die Stadtgrenzen hinausgetraut hätten, wären die Ratten gewesen, doch die blieben gerne.

Ayyub wollte endlich wieder mit seinem bestem Freund Ratko auf der Straße bolzen. Mit ihm die Wälder erkunden, Lager mit steinumrandeten Feuerstellen bauen,

Dämme errichten oder die Schafe ihrer Nachbarn hüten. Schließlich hatten sie Blutsbrüderschaft geschlossen, mit dem Messer, das Ayyubs Großvater ihm geschenkt hatte. Ayyub dachte täglich an Ratko, weil er Angst hatte, ihn zu vergessen. Wenn er den Rauch von verbranntem Holz roch, strich er über die verhärtete Narbe an seiner Hand.

Auch jetzt dachte der siebenjährige Ayyub wieder an Ratko, weil kleine Feuer auf dem Gelände der alten Fabrik loderten und Ratkos Onkel sie mit einem Gewehr aus dem Haus vertrieben hatte. Sie hatten Kleider, Brot, Decken gepackt, und sich den anderen Familien angeschlossen. Nur Großvater war zurückgeblieben. Er hatte Ayyub über den Kopf gestreichelt und zu Vater gesagt: Keine Sorge, wir waren doch so lange Nachbarn.

Sie reihten sich ein in den Zug aus Menschen, neben einer mageren Kuh und den Frauen in ihren Dimijes, den Pluderhosen, mit ihren schreienden Kindern auf dem Arm. Ein fremder Großvater fluchte in seinem dreckverkrusteten weißen Hemd auf die Soldaten aus Holland. Der Schweiß rann unter seiner blauen Kappe über sein Gesicht. Sogar die Luft zitterte in der Hitze.

Jetzt stand der Mond über der verfallenen Autobatteriefabrik. Ayyub schwitzte noch immer und hielt sich die Nase zu, weil alle in die Ecken machten. Trotzdem knurrte sein Magen, und sein Mund war ausgetrocknet. Weshalb er auch hoffnungsvoll zu Mutter hinübersah, als sie das Küchenmesser auspackte. Aber anstatt Brot zu schneiden, fasste sie Camila an den Haaren. Und schnitt Haarsträhne für Haarsträhne ab. Die Haare, die sie täglich gekämmt, gepflegt, die sie so geliebt hatte. Camila zuckte bei jedem Schnitt zusammen, begann zu weinen. Warum schneidest du Camila die Haare ab, obwohl sie weint?, wollte Ayyub Mutter fragen, fragte aber lieber nicht, nicht, dass sie noch wütender wurde. Anstatt Camila zu trösten, schlich Mutter zum Feuer. Sie bückte sich, griff nach der erkalteten Kohle, verbranntem Holz, das nicht mehr glühte. Mit der Kohle rieb sie Camilas Gesicht ein. Ließ sich auch nicht von den Tränen abhalten, die noch immer über das rußgeschwärzte Gesicht rollten und graue Streifen hinterließen. Normalerweise nahm Mutter Camila in den Arm, wenn sie weinte. Heute wanderten ihre Augen durch die mit Menschen vollgestopfte Halle, in der zwei junge Frauen beteten. Ayyub wollte Mutter gerade fragen, warum die serbischen Soldaten ihnen die Beine auseinanderrissen und sich auf sie legten. Aber da stand sie auf, zog Camila in eine dunkle Ecke und wechselte ihre Jeans gegen eine Pluderhose. Ayyub wollte Vater fragen, warum der fremde Großvater mit einem Stein auf seinen eigenen Kopf einschlug, bis ihm das Blut über das Gesicht lief. Doch da zog ihn Vater mit sich. Mit der anderen Hand hielt sich Ayyub die Ohren zu, weil es ständig krachte, Männer, Frauen und Kinder wimmerten und weinten. Ayyub spürte, wie der Boden bebte, wich einem Jungen aus, dessen schwarze Füße in viel zu großen Schuhen steckten. Vater befahl ihm, er solle sich von Mutter und Camila verabschieden. Vater gab Mutter die Kleider seiner Schwester, Mutter gab ihm ein Bündel Dinar und Ayyubs Ersatzhose. Ayyub verstand nicht, wollte nicht, fing an zu weinen. Er küsste Camila auf die rußige Wange, die bitter schmeckte. Umarmte Mutter, die streifte ihm die viel zu lange grüne Jacke der Schwester über. Zog ein Halstuch aus ihrer Kittelschürze und band es Ayyub hastig um den Kopf. »Nimm es bloß nicht ab«, flüsterte sie ihm ins Ohr. Dann riss ihn Vater von Mutter fort. Von den Berghängen tönte Hundegebell zu ihnen herunter.

12. Juli 1995
Auffing (Oberbayern)

Roja Özen

»Warum Roja?«, hat sie ihren Baba gestern Abend vor dem Zubettgehen gefragt. Die Nacht hatte es noch nicht geschafft, den heißen Sommertag zu vertreiben.

»Weil du mit dem Sonnenaufgang geboren wurdest«, hat Vater geantwortet und ihr über die langen schwarzen Haare gestrichen. »Du hast uns die Sonne gebracht«, lachte er und küsste sie auf die Stirn. Sein schwarzer Schnurrbart kitzelte an den Augenlidern, sie atmete erleichtert aus. Hatte es doch geholfen, dass sie Baba gestern erlaubt hatten, wieder mit dem Rauchen anzufangen. Der Onkel aus dem Fernseher hatte ihnen dabei zugesehen. Sein Bart war buschiger als der von Vater, und er hatte schon mehr graue Haare. Mindestens zweimal in der Woche saßen Vater und Mutter vor dem Fernseher, um seinen Worten zu lauschen. Normalerweise durften Roja und ihr großer Bruder Serhat dann nicht stören.

»Roja«, sagte Vater. »Du kennst doch den Mann, der einmal zum Teetrinken bei uns gewesen ist und dir Märchen erzählt hat.«

Roja nickte. Sie mochte ihn, er lachte häufiger als Vater.

»Er wird ab sofort bei uns wohnen.«

Sie dachte an die Geschichte vom Ferkel im Hundestall, die ihr der Onkel erzählt hatte, und bekam eine Gänsehaut.

Jetzt schlenderte Roja neben den eiligen Autos den Berg hinab, ihren Schulranzen auf dem Rücken. Die Sonne kämpfte sich durch die zotteligen Wolken, kündete von einem warmen Sommertag. Ein Spatz saß auf einem

Jägerzaun. Roja blieb stehen, holte ihr Pausenbrot aus dem Schulranzen und bröselte Krümel vom Fladenbrot.

»Roja!«, schrie ihre Mutter, aus dem Fenster der Wohnung gelehnt. »Beeil dich bitte, sonst kommst du wieder zu spät zur Schule.«

Roja stopfte das Pausenbrot in ihren Schulranzen, hastete den Berg hinunter, überquerte am gefährlichen Eck die Straße. Dort, wo die Autos erst kurz bevor sie um die Kurve rasten zu sehen waren.

An der Bäckerei Steigele lockte der Geruch von Frischgebackenem. Roja blieb vor dem Schaufenster mit den vollbeladenen Blechen stehen, ihr Magen knurrte. Da läutete die Kirchenuhr achtmal. Sie schreckte zusammen, griff nach den Trägern ihres verschlissenen Schulranzens und rannte los. Erst die Gasse an einem weiteren Jägerzaun entlang, die lange Treppe hinab. Links der steile Berg, den sie im Winter hinunterrodelten, an den Reihenhäusern vorbeischossen. Gegenüber die Schule, der Betonklotz, in den sie sich jeden Morgen quälte. Schwungvoll riss sie die große Tür auf, tauchte ein in die eigentümliche Welt aus Brezen, Sunkist und Negerkusssemmeln. Ihr Klassenzimmer befand sich am Ende des Gangs, der trotz des Sonnenscheins im Dunkeln lag. Zögerlich klopfte sie und trat ein. Die grauhaarig-gelockte Lehrerin teilte gerade Blätter aus. »Setz dich hin. Wir schreiben eine Probe.«

Roja wühlte im Schulranzen, griff in etwas Klebriges. »Kar«, entfuhr es ihr, was niemand gehört hatte und niemand verstanden hätte. Sie Esel hatte vergessen, das Brot wieder in das Papier einzuwickeln, bevor sie es in den Schulranzen gepackt hatte. Langsam zog sie ihre verpappten Hände heraus, sah sich um, sah, wie sich Traudel erhob und zum Abfalleimer wackelte. Sie widerstand dem Impuls, die klebrigen Hände an ihrer abgewetzten Jeans abzuwischen, die sie von Serhat vererbt bekommen hatte. Im Gegensatz zu Traudels Jeans war ihre Hose bleich, wie Vater, wenn er nicht aus dem Bett kam. Sie wischte ihre Hand mit einem Stofftaschentuch ab. Dann zog sie ihr Federmäppchen aus dem Rucksack, es rutschte ihr aus den Händen und fiel zu Boden. Die Lehrerin warf ihr einen strengen Blick zu.

Roja beugte sich über die Matheaufgaben. Darauf war ein Würfel mit schwarzen Punkten abgebildet. Sie sollte die Punkte aufteilen, in zwei andere Würfel. Sie stellte sich vor, wie jeder aus ihrer Familie einen Punkt darstellte. Der Gedanke an den Märchenonkel ließ ihren Blick durch den Raum schweifen. Gerade schob Traudel den Rucksack, der zwischen ihr und Vroni stand, beiseite und schaute auf Vronis Probe.

Sie zögerte, ihre Hand fuhr nach oben. Flüsternd rief sie die Lehrerin auf.

»Traudel hat gespickt.«

Ein Raunen ging durch die Klasse.

Auf dem Nachhauseweg holten Traudel und Vroni sie ein.

»Hast dich heut noch rasieren müssen? Und bist deswegen zu spät gekommen?«, frotzelte Traudel, die ein Jahr älter war als die anderen und zwei größere Schwestern hatte.

Vroni kicherte. Roja spürte, wie ihr das Blut ins Gesicht schoss.

Roja stieß sie zur Seite und rannte davon. Auf halber Strecke musste sie anhalten. Keuchend stützte sie sich auf ihre Oberschenkel. Dann ging sie langsam nach Hause.

Mutter kam von der Arbeit, drückte Roja zehn Mark, einen Einkaufszettel und den Korb in die Hand. Vor dem Kramerladen trottete ihr Traudel entgegen.

»Traudel«, sagte Roja.

»Was willst?«

»Es tut mir leid, dass ich dich heute verpetzt habe.«

Traudel schaute in den Korb und entdeckte den Zehnmarkschein. »Gibst ein Eis aus?«

»Okay«, sagte Roja und Traudel folgte ihr in den Kramerladen.

Am Stadtbrunnen knackten sie die Schokolade des Magnum-Eises. Eine Biene schwirrte um ihre Köpfe. Das Wasser plätscherte hinter ihnen in das vermooste Becken. Wolken schoben sich vor die Sonne.

»Soll ich dir ein Geheimnis verraten?«, fragte Roja.

»Sag.«

»Nur, wenn du's nicht weiterverrätst.«

Traudel schüttelte den Kopf. Biss in die Schokolade. Ein Stück blieb an ihrer Lippe kleben.

»Ein Onkel wohnt jetzt bei uns.«

Ein Eichhörnchen flitzte am Stamm der Eiche gegenüber hinunter, dass es aussah, als würde es fallen.

Am Abend lag Roja in ihrem Bett, das Asthmaspray griffbereit neben ihrem Kopfkissen. Die Äste der Bäume kratzten an den geöffneten Fenstern. Ihre Schatten glichen dürren Armen, die versuchten, nach ihr zu greifen. Sie faltete ihre Hände. »Bitte lass mich heute durchschlafen.«

Aus dem Wohnzimmer drang Licht durch die mit Kinderbildern abgeklebte Glastür. Eines davon hatte Roja noch im Kindergarten gemalt. Es zeigte einen blauen Drachen, der Feuer spie. Darunter ein Bild ihres Bruders Serhat, auf dem ein Pirat über einen Berg kletterte. Berge wie in ihrer Heimat. Das Licht bewegte sich, wechselte die Farben. Ausnahmsweise liefen im Fernsehen die deutschen Nachrichten, was allemal besser war als das Streiten ihrer Eltern, das sie mit Tränen in den Schlaf begleitete. Wenn Mutter vom Elternabend zurückkam und nichts verstanden hatte. Oft war das Kopfkissen, das sich Roja auf Gesicht und Ohren gedrückt hatte, am Morgen feucht. Dann wünschte sie sich, ihr Bruder würde lauter schnarchen, um die Stimmen nicht mehr hören zu müssen. Serhat kümmerte das Geschrei seiner Eltern wenig. Wenn er mit den anderen Jungs gebolzt hatte, mit grünen Knien und aufgeschlagenen Beinen nach Hause kam, schickte ihn die Erschöpfung sofort nach dem Abendessen in den Schlaf. Auch Mutter kümmerte ihn wenig, die versuchte, mit Waschbrett und Seife seine Hose zu retten. Die Flecken aus dem Stoff schrubbte und Löcher mit Stoff aus zerschnittenen, abgetragenen Anziehsachen übernähte. Ihr Vater erklärte, dass Jungs Fußball spielen müssten, um stark zu werden. Mutter erzählte oft von den starken Frauen in ihrer Heimat, die für die Freiheit kämpften. Wenn Roja nachfragte, Namen oder Orte wissen wollte, zog sich Mutter das bunte Kopftuch mit den Blumen fester über die langen dunkelbraunen Haare. Sprach über die nächste Mahlzeit oder flocht Roja ihre Zöpfe neu.

»Wenn du älter bist, erzähle ich es dir«, sagte sie ausweichend. Insgeheim wünschte sich Roja, dass ihr Vater davon erzählen würde.

Roja wollte Ärztin werden, die Geister aus der Vergangenheit und Krankheiten wie Asthma vertreiben.

Heute war der Onkel da und die Eltern stritten nicht. Vor dem Zubettgehen hatte er ihr die Geschichte vom Newrozfest erzählt. Jetzt saß er mit Vater und Mutter im Wohnzimmer und sie tranken Ça. Da läutete es.

Freitag, 4. März 2016
Auffing (Oberbayern)

Ayyub Zlatar

Der Motor seines alten Fords röhrt seltsam blechern, als er auf dem Parkplatz der Polizeiwache den Schlüssel zieht. Er steigt aus, dreht sich nicht um, schließt nicht ab. Bummbumm. Bummbumm. Bummbumm. Dafür schließt er seine Jacke. Darunter sein Rollkragenpullover. Geht direkt auf die Eingangstür der Wache zu. Der Geruch von verbranntem Holz. Die Narbe. Das Nach-vorne-Sehen strengt an. Der Kiefer spannt. »21, 22.« Die Treppe hinauf. Stufe für Stufe. Das blaue Schild mit weißer Schrift: Polizei. Verräter. Goldene Strahlen. Gefüllt mit blau-weißen Rauten. Die kalte Türklinke. Wie der Griff seines Colts. Die Aufrechten. Die Patronen. Metall, stark, auf ewig gegossen in Metall. Bumm ... Bumm ... Bumm ... »23, 24.« Die Tür schwankt, er tritt trotzdem ein. Ein Hund bellt. Hinein, bevor sie das Tier auf ihn hetzen. Bummbumm. Bummbumm. Bummbumm. »25, 26.« Hinter der Glasscheibe ein Wächter in Uniform, funkt. Rauschen dringt zu Ayyub durch die durchsichtige Wand. Jetzt, das Zeichen. Finger an den Kopf. »Grüß Gott.« Mein Gott. Euer Gott. Ruhig. Lächeln. Die Eintrittskarte. Der Wächter grüßt freundlich zurück. Weiß, dass er kommt. Lässt ihn passieren. Sie wollten es so.

Zimmer Nr. 7, rechts, am Ende des Ganges, haben sie gesagt. »27, 28.« Jetzt dreht er sich um. Weil seine Zukunft vor ihm liegt. Er aus dem Sichtfeld des Wächters ist. Knöpft sein Jackett auf. Die nächste Tür. Der Griff warm. Keine Sicherheit. Schwäche. »29, 30.« Bummbumm. Bummbumm. Bummbumm. Die Kirchturmglocken. Die Kirche in Bosnien. Lauter als der Ruf des Muezzins.

»Allahu akbar.« Öffnet die Tür. Die zwei Lakaien. Sitzen an ihren Schreibtischen. Vornübergebeugt. Über seinen Waffen, seiner Munition! Bummbumm. Bummbumm. Bummbumm. »31, 32.« Das Kreuz an der Wand. Blut, Leiden, Christen, Serben. Vaters Kopf. Die Kalaschnikow. Die Stiefel des Skorpions. Das Maschinengewehr fährt hinab. Er wird vom Himmel fahren und richten. Blut spritzt. Das Kreuz an der Wand. Erhellt von der Sonne. Blitzt. Blut an seinen Händen. Blut an seinen Füßen. Blut auf seiner Stirn. Unter der Dornenkrone. Der Schädel platzt auf. Im Namen des Vaters. Der Geistliche mit Kreuz. Inschallah. Küsst Blut. Der böse Blick des Skorpions. Fährt seinen Stachel aus. Roter Pfeil.

»Gebt mir meine Waffen zurück!«

Ayyub greift mit der Hand nach dem Colt auf dem Tisch.

Der 21. September 2001 war ein Freitag. Es war der 264. Tag des Jahres. Gerhard Schröder war Bundeskanzler, Johannes Rau Bundespräsident, der FC Bayern München deutscher Meister. Die afghanischen Taliban weigerten sich, bin Laden an die USA auszuliefern, und das Oktoberfest wurde tags darauf erstmals seit 1950 ohne das traditionelle »Ozapft is« eröffnet. Die No Angels standen mit »There Must Be An Angel« auf Platz eins der Top Ten und der Wochenendkrimi »Im Fadenkreuz« begann tags darauf um 20:15 Uhr auf ZDF.

21. September 2001
Auffing (Oberbayern)

Roja Özen

Traudels roter Fingernagel bohrte sich in die Luft. Roja stand an der Tafel und zeigte auf sie, ohne ihren Namen zu nennen.
»Redest du daheim islamisch?«
Roja schaute zu ihrem Lehrer. Der nickte ihr aufmunternd zu. Noch bevor Roja antworten konnte, platzte Vroni dazwischen: »Geht deine Mama eigentlich mit ihrem Kopftuch unter die Dusche?«
Die Klasse johlte. Roja hätte gern zu ihrem Lehrer geschaut, starrte auf Vroni, die sich durch ihre gebleichten Locken fuhr, der Ärmel des ausgeleierten Wollpullis bebte vor Lachen. Es gongte. Roja drehte sich um, ihre Zunge klebte an ihrem Gaumen, ihr Blick fiel auf den Jesus am Kreuz, der über ihr an der Wand hing. Gestern

hatte ihre Religionslehrerin erzählt, dass er durstig am Kreuz gehangen habe. Worauf ihm ein römischer Soldat einen essiggetränkten Schwamm gab, auf einen Ysopzweig gespießt, von dem Jesus trank.

Schritte stürmten hinter ihr aus dem Klassenzimmer. Ein kühler Windzug strich über ihren Hals.

»Roja ... Roja!« Ihr Lehrer stand neben ihr. Sie flüsterte ein »Ja«, versuchte, sich vom Bild des Jesus am Kreuz zu lösen. Sie hörte das Rascheln von Papier und sah ihrem Lehrer in die Augen.

»Fabio ist immer noch krank. Wärst du so lieb und würdest ihm bitte die Hausaufgaben bringen?«

Eine Hitzewelle schoss durch ihren Körper, in ihren Kopf, weckte sie.

»Natürlich.«

Sie griff nach den Blättern. Das Papier war seltsam kalt. An ihrem Platz schob sie es vorsichtig in ihren Rucksack. Der zippende Reißverschluss hallte von den Plakaten an den Wänden wider.

Roja musste sich beeilen, um rechtzeitig zu ihrem Friseurtermin zu kommen. Eine blonde Strähne musste sein. Da konnte Dayê sagen, was sie wollte.

Es bimmelte, als sie die Tür des Friseurs öffnete. Die Besitzerin sah kurz zu ihr herüber, begrüßte sie mit einem dürren »Griasde« und wandte sich wieder den Locken der grauhaarigen Frau zu. Gerade hatten sie sich noch angeregt unterhalten. Die Friseuse schob der Frau die Maschine, die aussah wie ein riesiger Sturzhelm, über den Kopf. Normalerweise empfing sie die Friseuse mit einem Lächeln, heute hingen ihre Mundwinkel nach unten.

Roja zog ihre Jacke aus und schob sie über einen Kleiderbügel an der Garderobe. Vorsichtig linste sie zur Friseuse hinüber, bevor sie sich auf den Stuhl setzte. Sie reagierte nicht, schaute in den Fernseher. Dort stand ein

Mann vor einem Volksfestzelt und erzählte, dass das Oktoberfest nicht wie gewohnt eröffnet werden konnte. Aus Respekt. *Respekt*, dachte Roja, *was für ein komisches Wort*. Dann wurde ein anderer Mann eingeblendet, mit einem langen Bart und einem Turban, der eine Tarnjacke trug.

Als die Friseuse endlich bei Roja war, befestigte sie den Umhang und das Papierband fest um Rojas Hals. Sicherheitshalber griff Roja nach dem Asthmaspray in ihrer Hosentasche. Kalt, vom kühlen Septembertag. Wollte sie es nicht loslassen, musste sie sich verbiegen. Trotzdem versuchte sie sich aufrecht hinzusetzen, wie sie es die letzten Jahre in der Schule getan hatte, um nicht aufzufallen. Das Spiegelbild der Friseuse stand vor ihr, bewaffnet mit Schere und Kamm, als würde sie auf etwas warten.

Roja spürte das Foto in ihrer Hosentasche, die abgerissenen Ränder. Wie eine Eintrittskarte wartete es darauf, vorgezeigt zu werden.

Normalerweise fragte die Friseuse, wie es ihrem Vater, ihrer Mutter ging, wie die Ausbildung ihres Bruders zum Maschinenschlosser lief. Stattdessen fragte sie: »Wie soll ichs schneiden?«

Die Friseuse umklammerte Schere und Kamm, stierte in den Spiegel und damit auf Roja.

Roja musste an die Geschichte denken, die ihr der Märchenonkel aus seinem Heimatdorf, seiner Kindheit in Kurdistan erzählt hatte. Einmal im Jahr bewaffnete sich das Dorf. Sogar die Kinder trugen Keulen auf den Schultern oder Steinschleudern in den Händen. Im Gürtel des Onkels steckte ein verrosteter Dolch, den er auf der Straße gefunden hatte, und dessen Spitze auf sein aufgeschürftes Knie zeigte. Die Männer ritten zu der Stelle, wo sich die Eindringlinge versteckt hielten. Die Hufe der Pferde schlugen auf den harten Steinboden. Der Onkel wartete mit den anderen Kindern aus dem Dorf am Ortsrand, den Dolch gezogen. Die Rufe und Trommeln der Männer hallten von den roten Bergen wider, kamen näher. Kurze Zeit später preschten ein Rudel Schweine und ihre Ferkel auf sie zu. Die Streifen der Frischlinge schossen durch die Sonne. Schüsse ertönten, die Schweine stürzten quiekend zu Boden, über ihnen eine Staubwolke. Ein Ferkel rannte direkt in die Arme des Onkels. Er packte es und hob das bibbernde Tier hoch. Die Männer forderten ihn auf, das Ferkel loszulassen, wagten aber nicht, ihm das unreine Tier zu entreißen. Der Onkel ließ sich nicht davon abbringen, es nach Hause zu tragen. Dort sperrte er es in das Gehege zu seinen drei Hundewelpen. Obwohl seine Mutter nach dem Abendessen immer noch wetterte und zeterte, schmuggelte er, als sich die Nacht über das Tal legte, Fleisch und Brot in seinen Jackentaschen hinüber ins Hundegehege. Dort fand er das Ferkel, ausgeblutet, mit fleischigen Wunden am Hals, tot.

Roja verließ den Laden, war erleichtert, als sich die Tür hinter ihr schloss. Der Wind wehte eine abgeschnittene Locke davon, die dem Föhn der Friseuse entwischt war. In jedem Schaufenster betrachtete sich Roja, in jedem Autofenster und zuletzt in einem Rückspiegel leuchtete die blonde Strähne inmitten ihrer schwarzen Lockenpracht. Das Ferkel im Hundestall, dachte sie. Sie stieß gegen einen entgegenkommenden Mann, der sie wütend anschnaubte.

Fabio wohnte mit seinen Eltern in einem Reihenhaus in Auffing. Vom Friseur aus waren es drei Berge, bis man zu ihm gelangte. Das Haus war nur von einer Seite erreichbar. Über einen Berg, vorbei an Bungalowgärten und Thujenhecken auf der einen Seite und Vorgärten und Küchenfenstern von Reihenhäusern auf der anderen Seite. Roja drückte auf den Knopf neben dem Messingschild »Stingl« und ein kurzer Klingelton erklang. Die Tür ging auf, Fabios Mutter trat unter das Vordach.

»Grüß Gott, Frau Stingl«, sagte Roja.

Fabios Mutter glotzte aus wässrigen Augen durch sie hindurch. Sie umklammerte ein schwarzes Kästchen, das neben der weißen Schürze glänzte.

»Griasde, Roja«, stieß sie hervor und hielt das Kästchen vor ihren Bauch. Weil Roja dem vernebelten Blick nicht mehr standhielt, sah sie an der Hausmauer hoch. Hinter dem Fenster strahlte Fabio bleich zu ihr hinunter. Roja setzte den Fuß in seine Richtung, hob die Hand, ließ sie fallen, lächelte. Zögerlich hob er die Hand.

»Kann ich dir helfen?«, erschreckte sie eine Männerstimme. Fabios Papa hetzte den Berg hinauf. Die Ledertasche in seiner Hand baumelte hin und her. Roja riss ihren Rucksack von den Schultern und stammelte: »Ich bringe Fabio die Hausaufgaben.«

»Das ist aber nett.« Spucke landete auf ihrer Nase. Sie wagte nicht, sie abzuwischen. Wagte nicht, zu Fabio hochzusehen. Wartete darauf, hereingebeten zu werden. Stattdessen sagte Fabios Papa. »Wenn er wieder gesund ist, könnt ihr ja mal zusammen spielen.«

Zusammen spielen?, dachte Roja.

Ein dumpfer Knall ließ sie zusammenzucken. Sie schauten nach oben, zu Fabios Fenster. Sein Gesicht war verschwunden. Der Vogel hatte einen Fleck hinterlassen, an Roja vorbei stürzte er zu Boden. In ihrem Hals steckte ein Stein.

Zu Hause zog sie sich zurück in das Zimmer, das sie gemeinsam mit Serhat bewohnte. Mutter steckte den Kopf herein und fragte, ob sie noch etwas essen mochte.

Roja schüttelte den Kopf und sagte: »Ich muss noch Hausaufgaben machen«, woraufhin ihre Mutter die Tür schloss.

Sie ließ sich auf das Bett fallen, umklammerte das Kissen, zog ihre Knie an, und schloss die Augen. Als sie sie wieder öffnete, starrte sie von Serhats Seite Muhammad Ali in Shorts und Kämpferpose an. Neben ihr lief eine

Spinne über die Raufasertapete. Roja beobachtete die dürren Beine, wie sie sich über die weißen Hügel bewegten. Hob die Hand. Und erschlug sie. Die zermatschte Spinne hinterließ einen bläulichen Fleck auf der weißen Wand. Der Stein in ihrem Hals zersprang. Tränen rollten aus ihren Augen. Sie wischte sich übers Gesicht.

Es klopfte. Mutter kam herein, gab ihr einen Abschiedskuss, ging putzen; ohne Kopftuch. Erschrocken sah ihr Roja hinterher.

Da war Rojas Stein im Hals zurück. *Ich muss Fabio sehen!*

Wütend schnappte sie sich Mutters Kopftuch, das auf der Holzkommode lag. Dann schlüpfte sie in ihre Schuhe, in ihre Jacke. Hetzte durch die Dämmerung zu Fabio.

In Fabios Zimmer brannte noch Licht, genau wie in der Küche darunter. In der Küche war niemand zu sehen. Roja sammelte Kieselsteine und warf sie an Fabios Fenster. Nichts geschah.

Sie suchte den Boden nach einem größeren Stein ab. Stattdessen fand sie den toten Spatz, der heute Nachmittag gegen das Fenster geflogen war. Neben dem toten Vogel lag ein kantiger Stein. Roja hob ihn auf. Nahm Anlauf. Und warf. Fabio stand vor ihr. Es klirrte, die Fensterscheibe zerbarst. Erstaunt starrte er sie an. »Roja?« Dann jagte sie davon.

21. September 2001
Salzburg

Ayyub Zlatar

»Ausweise!« Ayyub schreckte aus dem Schlaf. Kauerte sich in die Ecke, unter die Liege des Schlafwagens. Zählte stumm: 21, 22, 23. Er hatte nicht mitbekommen, dass der Zug stehen geblieben war, verstand das Wort nicht. Verstand, dass es ein Befehl war.
Soldaten? Skorpione?
Seine Hand umklammerte das Schwert um seinen Hals. Bis die Spitze ins Fleisch stach, bis es wehtat. 24, 25, 26. Ein Lichtstrahl zwängte sich durch den Schlitz zwischen den Koffern. Beleuchtete den weiß gesprenkelten Boden, der ihn an den ersten Schnee zu Hause erinnerte. 27, 28, 29. Die weinrote Bank über ihm bewegte sich, ächzte, wie die Großmutter, die sich gerade aufsetzte, mit ihren aufgeblähten Beinen in Strumpfhosen.
»Dankschön!«
Der Mann verließ das Abteil. Die Tür schloss sich. Die Großmutter reichte eine kleine Flasche Wasser und ein Stück Brot zwischen den Koffern hinunter. Gierig verschlang Ayyub das Brot und trank. Der Zug fuhr an, ruckelte, Wasser rann über Pullover und Unterhemd. Kälte auf der Haut. Das Licht wurde gelöscht. Das leise Rattern, das leichte Ruckeln, der volle Magen begleiteten ihn in den Schlaf.
Eine Bombe explodiert krachend. Menschen kreischen. Blut spritzt.
Ayyub schreckte erneut hoch, donnerte mit dem Kopf gegen die Liege, die Sekunden später nach oben geklappt wurde.
»Aufstehn!« Die Großmutter half ihm. »Geh, bevor dich jemand sieht.« Sie stopfte ihm einen Schein in die

Jeansjacke und küsste ihn auf die Stirn. »Möge Gott dich beschützen.«

Ayyub begriff nicht, wollte bei der Großmutter bleiben, die ihm Essen, Trinken, Geld, einen Kuss gegeben hatte. Den letzten Kuss hatte ihm seine Mutter beim Abschied aus dem Lager gegeben. Der Geruch von Feuer stieg in seine Nase, er hörte die schreienden Frauen, Kinder und Männer. Spürte das Kopftuch. Hörte seine Mutter flüstern: »Nimm es bloß nicht ab.« Berührte die verhärtete Narbe an seiner Hand. Großmutter schob ihn in den Gang: »Geh!« Und zeigte zur Tür, die sich puffend öffnete.

»Sehr geehrte Damen und Herren, wir begrüßen Sie in München Hauptbahnhof. Es werden alle Anschlusszüge erreicht.« Ayyub stürmte zur Tür, stürzte aus dem Zug, fiel über den Koffer eines Mannes im Anzug; der schüttelte den Kopf. Ayyub schrammte sich die Hände auf dem kalten Boden auf, hastete in der düsteren, langgezogenen Halle davon. Eingesperrt zwischen dem Gleis und einer Wand aus grauem Metall. Die Fenster darüber verblichen und schmutzig. Sein Herz pochte im Takt seiner Schritte.

Eine Frauenleiche hing schlaff am Lastwagen. Einen Gürtel um ihren Hals. Die gelb leuchtenden Buchstaben.

Sein Puls verlangsamte sich, er kehrte zurück in die Gegenwart. Obwohl der Tag gerade erwachte, war der Bahnsteig voller Menschen. Ein Mann schleppte sich auf Knien durch die Halle. Frauen und Männer eng umklammert. In ausladenden Kleidern, in Lederhosen, knutschten wild herum. Ayyub sah beschämt zur Seite. Er hetzte weiter, schob sich zwischen den Körpern hindurch. Ein Mann, von einer Frau gestützt, rempelte ihn an, stürzte zu Boden. Ayyub erreichte die große Halle mit den kleinen Häusern. Der Gestank von verbranntem Menschenfleisch in seiner Nase. Drang in ihn. Er blieb stehen. Stützte sich mit der Hand ab. Würgte. Bomben schlugen ein. Der Boden bebte. Feuer. Stimmen in einer bekannten Sprache aus Lautsprechern. Am Rand der Halle, an den Glasscheiben, krümmten sich Menschen auf dem Boden. Andere starrten stumm vor sich hin. Eine halbnackte Frau an der Wand. Auf die fleckige Mauer gemalt. Mit abstehenden Brüsten. Ein Panzer. Mit riesigem roten Penis. Uniformierte Soldaten mit dunkelgrünen Bergmützen. Auf den Ärmeln ein Adler. Die Adlerköpfe auf den Uniformen der Skorpione. Die spitzen Schnäbel. Maschinengewehre. Dicke Westen mit Taschen. Ayyub preschte los. Sah sich um. Rannte in einen Mann. Wich zurück. Schaute verängstigt nach oben. Auf das Maschinengewehr. Ein Soldat. Das Kreuz um seinen Hals.

»Wo willst du denn hin?« Die Hände am Griff des Maschinengewehrs. Ayyubs Atem raste. Eine Hand packte ihn. Hände griffen nach ihm. Er schlug um sich. Versuchte, sich loszureißen. Die Soldaten hielten ihn fest. Ayyub schrie. Die Umstehenden glotzten. Schüttelten die Köpfe. Der Soldat ließ ihn los. Beugte sich zu ihm hinunter. Stierte ihn an. Das rote Gesicht. Rot, wie auf der Fahne der Serben. Blut. Sagte etwas zu ihm. Ayyub verstand kein Wort. Hände packten ihn am Arm. Zerrten ihn an den Gleisen entlang zu einer Tür. Ayyub zuckte zurück. Ein dritter Soldat öffnete die summende Tür. Ayyub stemmte sich mit den Füßen dagegen. Die Soldaten schleiften ihn in den Raum. Die Tür schloss sich hinter ihm. Sie drückten ihn auf eine Holzbank vor einer Theke. Ließen ihn keine Sekunde aus den Augen. Der Rotgesichtige streifte sich blaue Plastikhandschuhe über, sprach zu Ayyub. Der starrte sie an. Er konnte zwar lesen und schreiben. Aber diese Sprache nicht sprechen. Lesen und Schreiben hatte er von den Zigarettenschachteln seines Onkels Mirsad gelernt. Aus der Zigarettenfabrik in Sarajevo. Der war während der Belagerung das Papier ausgegangen, weswegen sie die Verpackungen aus Buchseiten herstellten. Nach dem Unterricht hatte sich der Onkel vors Haus gesetzt und sich eine der kostbaren Zigaretten angezündet. Bis nur noch die Verpackung vorhanden war. Dann hatte Onkel Mirsad den Koran zur Hand genommen und ihn Ayyub verstehen gelehrt.

Der Soldat zog Ayyub hoch, schubste ihn durch den Gang. An einer Landkarte, an Schränken vorbei. In eine grau gefliese Zelle mit betonierten Betten und blauen Plastikmatten. Sie rissen ihm die Jeansjacke herunter. Pressten ihn an die Wand. Die Kälte drang durch den dünnen Pullover, die Bilder aus der Vergangenheit in die Zelle. Die Männer und Jungen vor der zerlöcherten Hauswand: ohne Schuhe. Mit schwarzen Füßen. Einer pisst sich in die Hose. Die Soldaten: mit gezückten Gewehren. Ayyub schloss die Augen. Machte einen Satz nach vorne. Sprintete an dem Rotgesichtigen vorbei. Der andere versuchte, ihn zu stoppen. Ayyub stürzte, knallte mit dem Kopf auf die Fliesen. Blitze. Knie drückten auf seinen Rücken, drückten ihn zu Boden.

Die Berge vor ihm, die Berge hinter ihm, der Hunger in ihm. Ayyub war die Nacht durchgelaufen. An Kolonnen von Soldaten vorbei, an Bauernhöfen, verbrannten Wagen und Granatenwerfern. Über Flüsse und Brücken, an Städten und Dörfern. An einem Gasthaus hatte er in den Abfällen gewühlt, aber selbst darin hatte er nichts Essbares gefunden. Er hatte Beeren gesammelt und Flusswasser getrunken. Jetzt plagten ihn Magenkrämpfe und Hunger zugleich. Weswegen er die letzten Kilometer auf der staubigen Straße und nicht im geschützten Dickicht zurückgelegt hatte. Er versteckte sich im Gebüsch, sobald Armeefahrzeuge oder Soldaten nahten. Die Mittagssonne brannte ihm ins Gesicht, Grillen zersägten die Stille. Da sah er etwas in der flimmernden Hitze über das verdorrte Feld hüpfen. Vorsichtig schlich er sich an, ging langsam darauf zu. Nach wenigen Schritten erkannte er die braunen Federn mit den weißen Streifen, die dicken Leiber und die kleinen Köpfe mit den Knopfaugen. Wachteln. Mlatkos Onkel hatte Wachteln gejagt, mit seiner Flinte und seinem Hund. Seine Tante daraus eine leckere Suppe gekocht: *Juha od prepelice*. Ayyub hob einen Stein auf, ging schneller, warf ihn mit letzter Kraft in den Wachtelschwarm, der aufgeschreckt davonflog. Bis auf ein Tier. Zuckend lag es auf der trockenen Erde. Ayyub griff nach der Wachtel. Ein Hund schoss heran. Und biss zu. Ein stechender Schmerz fuhr in Ayyubs Hand. Blut färbte den Acker rot. Aufgewacht war Ayyub beim alten Bauern Burhan, dem der Hund gehörte und bei dem er bis zu dessen Tod gelebt und gearbeitet hatte. Der ihn in die Moschee mitnahm, der ihm wie Onkel Mirsad den rechten Glauben beibrachte. Mit Burhan fing er seinen ersten Uho und richtete ihn ab zur Hüttenjagd.

Sie wuchteten Ayyub nach oben. Der blonde Mann zeigte auf die Taschen von Ayyubs verdreckter Hose. Er hatte sie nicht mehr gewechselt, seitdem er aus Salzburg fortgegangen war. Hände umklammerten seine Arme. Hände schoben sich in seine Hosentaschen. Der Rotgesichtige deutete auf seinen Hals. Kam näher. Deutete auf seine Kette. Das Schwert des Vaters. Ayyub schüttelte den Kopf. Die Hand des Mannes fuhr nach vorne. Riss ihm die Kette vom Hals. Die Tür krachte ins Schloss. Ayyub ließ sich auf die Matratze fallen. Verbarg den Kopf zwischen den Beinen. Konnte die Tränen nicht mehr zurückhalten.

Der Wagen hielt vor einem großen Haus ohne Einschusslöcher. Die Soldaten öffneten die Tür und führten ihn zum Eingang. Sie drückten einen Knopf, es summte, und sie gingen mit ihm hinein. Es roch nach Kohl. Eine dicke Frau mit Brille empfing sie. Die Stimmen der Soldaten wurden leiser. Sie beobachteten genau, was die Frau mit den komischen Haaren tat. Ihre Haare sahen aus, als könnte sie sich nie wieder kämmen.

Die Frau lächelte ihn freundlich an und unterhielt sich mit den Soldaten. Dann gingen sie endlich durch die Tür, ohne sich noch einmal nach ihm umzudrehen.

Als die Soldaten die summende Tür hinter sich gelassen hatten, ließ die Frau seine Hand los. Er griff sofort wieder danach, sie sah ihm in die Augen.

Ein Junge kam ihr entgegen. »Hallo, Branko.«

»Branko ist aus Sarajevo.« Sie deutete auf den Jungen. »Und du?« Sie deutete auf Ayyub.

»Bosnien«, sagte Ayyub. Als die Frau gerade nicht hinsah, schnitt Branko mit der Hand über seinen Hals und sagte: »Balija.«

21. September 2001

Markus Keilhofer

Daheim im Kinderzimmer:
Eine frische Unterhosen. Ein frisches Unterhemd. Frische Socken. Aus dem Schrank. Ins Bad. Und sich erst einmal waschen. Mit extra viel Seife. Großvaters Rasierwasser mit beide Händ ins Gesicht geklatscht.

Rein in die frische Unterhosen. Das frische Unterhemd. Die frischen Socken. Ins Zimmer zurückgeschlichen. Vor den Spiegel.

Im Wohnzimmer:
Hatte die goldene Glocke geklingelt. Der Großvater die Tür aufgemacht. Die Wunderkerzen haben gesprüht. Und unter dem Christbaum ist es gelegen. Eingewickelt in

Geschenkpapier mit Stern und Mond. Gleich ausgepackt. Einmal anprobiert. Und in den Schrank gelegt. Die Großmutter war zwar eingeschnappt. Aber er wollt sichs aufheben. Für einen besonderen Moment. Der ist jetzt kommen. Erst die blaue Hosen mit den roten Streifen. Dann die Uniform. Sein Herz bumpert vor Freud. Langsam schlüpft er rein. Knöpft die großen goldenen Knöpf zu. Zieht die weißen Handschuh an. Fährt über die goldene Schützenschnur, die von der Schulter zu den Knöpf in der gleichen Farb führt. Am engen Kragen das rote Tempelritterkreuz. An der linken Brust das Eiserne Kreuz, vom Großvater. Und das Tempelritterkreuz am seidenen Band. Schulterklappen, golden und rot. Fehlt nur noch der lederne Gürtel. Eng geschnürt.

In seiner Uniform setzt er sich an den Tisch. Holt seinen Füller und das *Was-ist-was?*-Buch raus. Klappt es auf und zieht die Kappe ab. Schreibt in sein Deutschheft.

In der Schule:
Der Bücherstapel schneidet in seine Unterarm. Riecht muffig, nach altem Papier. Neben ihm ein Mensch.

»Weißt schon, über was du dein Aufsatz schreiben wirst?«

Ein Mädl. Anna, Annegret, Annemarie, irgendwas mit A. Markus' schmale Schultern zucken lässig. Ihre langen blonden Haare leuchten im Licht der Neonröhren. Der kleine Busen über den Büchern. Fesch ist sie. *Hat Mutter die gleiche Haarfarbe ghabt?*

»Über die Tempelritter.«

»Tempelritter?«

»Habn gegen die Türken gkämpft. Für unsere Freiheit.«

»Spannend.«

»Kreuzritter.«

Bücher auf das Pult. Reih und Glied. Eines nach dem anderen. Stinklangweilig.

Schaut zu ihr. Immer wieder. Leuchtende Haar. Blond. Signal. *Auch ein Indigo-Kind?*

A legt die Bücher ab. Der Busen wird noch kleiner. Dong. Pause.

A kommt zu ihm. Markus gefangen im Nichtssagen.

»Was machstn heut?«

Schulterzucken.

»Kommst mit ins Heu?«

A grinst. Kopfbewegung Richtung Tür. Heu, Schmusen, Zungenkuss, Fummeln, fingern: *Scho ghört. Gaudi in der Lederhosn. An Silvester gsehen. Bin ja ned blöd. Kleiner Busen. Friedhelm hat Haare am Sack. Feuchte Träume. Ich auch? Keine Haar. Aber feuchte Träume. Vielleicht. Wixen. Aber wie?*

»Muss erst heim. Großvater und Großmutter versorgen. Aber dann.«

»Um siebn?

Daheim im Wohnzimmer:

Großvater im Sessel. Aluhut auf dem Kopf. Der Radio erzählt von heiter bis wolkig. *Da stinkts. Ned scho wieder.* Großmutter ratzt auf der Couch.

»Griasde, Großvater.«

Großmutter antwortet mit einem Schnarcher.

»Griasde, Großvater!«, brüllt Markus.

Großvater fährt zusammen.

»Komm, Großvater. Badn!«

Markus schiebt seinen Arm unter dem Großvater seinen Arm und wuchtet ihn aus dem Sessel. Der Mief ist auf einmal überall. Bucklig tappelt er mit Markus ins Bad. Verliert seinen Aluhut. »Guggile! Schnell, mein Hut. Sonst können die meine Gedanken lesen.« Markus setzt Großvater auf den Stuhl. Sieht seine fettigen Haar.

»Großvater, wir müssen deine Haar mal wieder waschn.«

»Mach schnell und i versuch nix zum denkn.«

Wasser an. Finger drunter. *Richtige Temperatur?* Hose mit spitze Finger runterzogen und gleich in die Waschmaschin. Großvater in die Badewanne gewuchtet. Aus Kinderaugen schaut er seinen Enkel an.

»Jetzt habe i doch glatt drüber nachdacht, dass ein Brief kommen is, dass unsere Wohnung zwangsversteigert wird.«

Markus schnauft aus. »Was?«

»Is aber ned so schlimm.«

»Ned so schlimm?«

»Die wolln uns kleinhaltn und vernichtn.«

»Grad hast gsagt, es ist ned so schlimm.«

»Die Zwangsversteigerung is illegal. Weils die BRD gar ned gibt.«

»Ich versteh.«

Wasser über den Kopf.

»Müssn wir jetzt raus aus unserer Wohnung?«, schreit Markus.

»So viel hab ich scho mitmachen müssn«, blubbert Großvater. Wasser aus.

»Nimm das Knoblauch-Shampoo. Damit mir wieder mehr Haar wachsn.«

Dann riechst wie ein Kanak.

»Freili, Großvater.«

»Was tät ich ohne dich bloß machen, Guggile? Ohne mein Indigo-Kind.«

Einmassieren. Rausspülen.

»Aua! Das Wasser is viel zheiß!«

»Tschuldigung, Großvater.«

»Bin allaweil fest bliebn im Glaubn, Guggile.«

»So, jetzt wasch ich dich noch untenrum.«

»Sogar im Krieg. In Sarajevo. Wo die Partisanen, die Rotn, den Mannsbildern das Zipferl weggschnittn habn.«

Dass sich da noch was rührt.

»Vorehelichen Verkehr hab ich nie ghabt.«
»Noch ein bisserl Seife.«
»Auch der Selbstbefleckung bin ich nie verfalln. Damit in der Nacht nix passiert, du weißt scho...«
»Ja, Großvater.«
»Hab ich einen Pollutionsring aufgzogn. Übers Zipferl. Die Spitzen nach innen. Und schon war's vorbei.«
Wasser an.
»Das Wasser is viel zkalt!«
»Tschuldigung.«
»Ein fesches Mannsbild bin ich gwesen. Aber auf die Schlechtigkeit hab ich mich nie eingelassen.«
»So, abtrocknen.«
»Die Weiber sind ja so raffiniert. Zehn Minutn Rittmeister, achtzehn Jahr Zahlmeister.«
»Da, Großvater, setz dein Aluhut wieder auf.«
»Ja, damits ned wissn, was ich denk.«

Auf der Straße:
Markus schleicht an den Thujenhecken und den ordentlich aufgereihten Mülltonnen vorbei. An den blankpolierten Mercedessen und Audis. *Hoffentlich sieht mich keiner.* Der Stadl. Ein Bulldog auf dem Hof. Graue Bretter. Es riecht nach Heu. Tschilp. Vögel. Vögeln. Dahinter: Fußballfeld. Dahinter: Bach. Davor: A.
»Jetzt«, flüstert A.
Markus hintennach. Vogel schießt runter. Rauf auf die Leiter. Ins Heu. Rascheln. Der Bauer?

Im Stadl:
A legt sich ins Heu. A klopft aufs Heu, neben sich. Markus bleibt stehn. »Komm!«
Markus legt sich ins Heu.
A zieht Markus an sich. *Das muss doch ich machen.* Feuchtes Bussi, Spucke. *Ned schön.* Zungenkuss. Markus

Zung rein. A zuckt. *Hab ichs richtig gmacht?* Ihre Zung macht mit. Ihre Hand langt nach Markus seiner Hand, schiebt sie unter ihr Blusen. Der Hodensack fangt an zum Ziehen. Es kribbelt in die Füß. Es kribbelt in die Arm. Ihre Hand an seinem Steifen. Himmelherrgott! »Ahhh.« Abgspritzt. Feuchte, schwere Unterhosn. *Hoffentlich hat sie nix gmerkt.* Hand raus aus der Blusn, rein in ihre Hosn, eng. A schüttelt's. *Mir Indigo-Kinder.* Eng in der Unterhosn. Hilft nix. Zung fester rein. *Ich zeig's ihr, dass ich ein richtiges Mannsbild bin.* A auf Heu. A unter Markus. Unterhosn feucht. *Sie will!* Finger ins Loch. *Richtig?!* Stößt Markus weg. »Du Sau!«

Am Schinderbach:
Ich brauch eine neue Hosn. Erst einmal zur Lourdesgrotten. Da sieht mich keiner. Die Hosn mit dem Feuerzeug trocknen.

In der Lourdesgrotten:
Auf die Bank setzen. Hosn runter, Feuer raus. Feuer an. Wird scho. Gleich sieht man nix mehr. Die Maria mit dem Kopftuch. Brauchst gar ned so blöd schauen.

Daheim:
Eingangstür auf. Die Treppen rauf. Nachbarin Frau Meier.
»Griasde, Markus.«
»Grüß Gott.«
Schlüssel leise ins Schloss. Tür auf. Fernseher. *Schnell ins Zimmer.*
»Markus!« Großvater mit dem Aluhut auf dem Kopf. »Bringst uns bittschön unser Schungit-Wasser. I muss mein Biofeld harmonisieren. Das ist genau das Richtige nach dem Kegeln.«
»Freili!«
»Bringst meine Schungit-Zylinder noch mit, bittschön!«, schreit Großmutter. »I hab heut noch ned groß

gmacht. Wahrscheinlich, weil i meine Übungen noch ned absolviert hab.«

Scheißen, Schungit, scheiß Schungit. Schon langsam kann ich's nimmer hörn. Was die an dem schwarzen Stein bloß finden: im Wasser. Als Sportgerät. Und noch dazu aus Russland.

Großmutter mit dem Aluhut auf dem Kopf. Auf der Couch. »Geh weiter, setz dich her, Guggile.« Markus neben der Großmutter. Schenkt Großvater das Wasser ein. Der schwarze Stein klimpert in der Karaffen. Legt Großmutter die schwarzen Zylinder auf den Tisch.

»Dankschön«, sagt Großvater.

Großmutter nickt. »Da, pass auf.« Zeigt auf den Fernseher.

Im Fernseher ein rauchender Turm. Ein Flugzeug fliegt rein. Feuer. Staub. Turm bricht zusammen.

»New York, World Trade Center, Terroristen«, flüstert Großvater.

Großmutter nickt: »Der Jud.«

Großvater mit der Fernbedienung. Spult zurück. Turm baut sich auf. Feuerwolke. Rauch spritzt wie aus Quelle. Loch. Flugzeug fliegt rückwärts raus.

Wiedergabe.

»Der Jud hat die Welt im Griff«, flüstert Großvater.

Großmutter nickt. »Die Weisen von Zion.«

Großvater spult zurück.

»So ein Turm stürzt nicht von einem Flugzeug ein«, flüstert Großvater.

Großmutter nickt. »Da brauchts scho eine Bombn.«

Der Fernsehsprecher. Blonde Haare, wie A, vielleicht wie Mutter: »Und immer wieder stellt sich die Frage, wie konnten sich die Terrorflugzeuge unbehelligt im amerikanischen Luftraum bewegen?«

»Lügenäther«, sagt Großvater.

Großmutter nickt: »Alles gsteuert von die Amis.«

Wechsel Interviewpartner. Bernd Schmidbauer, ehemaliger Geheimdienstkoordinator. »Dass es keine Vorwarnung gab, verstehe ich heute nicht, wir werden vielleicht in der Zukunft verstehen, was hier los war. Wie Dienste unter Umständen hier blind geworden sind für bestimmte Vorgänge, aus welchen Gründen auch immer.«

»Müssen wir jetzt aus der Wohnung raus?«, fragt Markus.

»Vom Vater is eine Karten aus Griechenland kommen«, sagt Großvater.

»Was war eigentlich mit der Mutter?«, fragt Markus.

Das Flugzeug rast wieder in den Turm.

»Es gibt Sachen, die werdn wir nie erfahrn«, sagt Großmutter und nimmt den Bub in den Arm.

Freitag, 4. März 2016

Roja Özen

»In Deckung!«, brüllt der Polizist.

Wo? – Roja rutscht unter den Schreibtisch – *Freeze* – Vom Raubtier übersehen werden – Schüsse – Glas splittert – Polizist taumelt – Schusswunde – Blutaustritt – Scheiße!

»Verschwindens durchs Fenster!«

Hippokratischer Eid – Bewahren vor Schaden – Ich hätte es verhindern müssen – *Tend-and-befriend* – Kranken nach bestem Vermögen – *Fright* – Tonische Immobilität – Tot stellen – Am Geburtstag – Hypervigilanz – Schwarze Pupillen – Das Schwert – Die Doppelscheide – Teilt in Wahrheit und Unwahrheit – Die Pistolen – Der fehlende Finger – *Fight* – Ich muss ihn stoppen – Ich-Störung – Wahn – Feuer aus Mündung – Blut an der Wand – Esther braucht mich noch – Die Gäste – Der Kuchen – Scheiben klirren – Unter den Schreibtisch – *Fright* – Ohren zuhalten – Schüsse – Der Stridor – Deckel runter – an den Mund – Zwei Hübe – Tief inhalieren – Schreie – Schüsse – Denk an was Schönes: Esther, Erbil, Dayê, Baba, Bra, Fabio – Hätt ich doch mehr Zeit mit ihnen – Eigelb trennen mit Esther – Teig naschen – Keine Zeit für Sentimentalitäten – *Flight* – Fenster auf – Das Fensterbrett – Sprung – Krachendes Gitter – Fuß knickt um – Bohrender Schmerz – Kugel durchschlägt die Scheibe.

Bayr. Rotes Kreuz
Kreisverband Erding

– Einsatzleitung –

Einsatzbericht
Datum: 4. März 16 Alarmzeit: 10:40
Ausrückzeit: 10:40 Ende 12:30

Einsatzort: Polizeiinspektion Auffing
Art des Schadensfalles: Schießerei in der Inspektion und im Hof.

EINSATZLAGE / SACHVERHALT: Bei Eintreffen des ersten Rettungswagens wird im Hof noch geschossen. Freigabe durch mehrere anwesende Polizeibeamte.
1 toter Beamter liegt in den Inspektionsräumen (Kopfschuss)
1 Beamter mit schwachen Lebenszeichen in den Inspektionsräumen (Thorax)
1 Beamter mit schwachen Lebenszeichen im Nachbarhaus (Bauch-Thorax)
1 Beamter mit mehreren Durchschüssen im Körper läuft noch herum
1 Beamter hat nach Flucht durch Fenster mehrere Wunden / Schock
Täter liegt schwerverletzt mit Kopfschuss auf der Treppe.

MASSNAHMEN / TÄTIGKEITEN DER EINSATZLEITUNG:
Lagebericht an Rettungsleitstelle, mit der Bitte um Bettenkapazität für 2 Reanimationen – 1 Kopfschuss – 1 Polytrauma mit Thorax – Aufteilung der 5 anwesenden Notärzte zu den versch. Verletzten. Nachforderung eines Rettungswagens gegen 11:15, weil Infusionen und Sauerstoffkapazitäten zu Ende gehen. Außerdem muss 1 leichtverletzter Beamter ins Krankenhaus transportiert werden.

FOLGEMASSNAHMEN: folgende Rettungsmittel waren im Einsatz:
11/18 Rettungswagen (Auffing)
11/19 Krankenwagen (Auffing)
11/12 Notarzt aus Erding
16/54 Notarzt aus Haag (2 Ärzte)
11/13 Rettungswagen (Erding)
Christoph 1 (HS München)
Christoph 14 (Traunstein)
Edelweiß 14 (Polizeipräs.)

Sonstige bes. Vorkommnisse: –

Unterschrift des Einsatzleiters: Riemer

Ayyub Zlatar

Endlich Ruhe.

Der 25. Juni 2007 war ein Montag. Es war der 176. Tag des Jahres. Angela Merkel war Bundeskanzlerin, Horst Köhler Bundespräsident, der VfB Stuttgart deutscher Meister und in Bagdad war Ali Hasan al-Madschid wegen des Völkermordes an den nordirakischen Kurden gerade zum Tode verurteilt worden. Sido stand mit »Schlechtes Vorbild« auf Platz 23 der Charts und in Lille wurde der Science-Fiction-Thriller *Chrysalis – Tödliche Erinnerung* uraufgeführt.

25. Juni 2007

Roja Özen

Der Aufzug öffnete sich, aber Roja stieg nicht aus. Die Frau neben ihr sah sie verwundert an. Als die Tür sich wieder geschlossen hatte, drückte Roja auf den Knopf mit den zwei entgegengesetzten Pfeilen. Der Schirm an ihrem Handgelenk baumelte, und die Tür schob sich wieder auseinander. Roja tauchte ein in eine Wolke aus Desinfektionsmittel und Urin. Auch darum würde sie niemals in einem Krankenhaus arbeiten können, sondern eine eigene Praxis eröffnen.

Letzten Freitag war Baba aus Straßburg überführt worden. Es fühlte sich an, als hätte sie ihn ein ganzes Jahr lang nicht gesehen. Obwohl sie ihn zuletzt Ende April gesehen hatte, bevor er aufgebrochen war. Nach Straßburg war sie bewusst nicht gefahren, weil sie es unverantwortlich fand, dass er mit dem Hungerstreik sein Leben aufs Spiel setzte. Hätte sie ihn besucht, wäre das für den alten

Dickkopf ein Zeichen der Solidarität gewesen. Es reichte schon die durch die toxischen Stoffwechselkomponenten verursachte Leber- und Hirnvergiftung, die hoffentlich keine bleibenden Schäden hinterließ.

Baba lag auf Zimmer 307, hatte Dayê gesagt. Das war das Einzige gewesen, was sie gesagt hatte. Wie würde Baba erst auf sie reagieren?

Am Türrahmen lehnte ein junger Mann in Poloshirt und Jeans. Eine Pistole steckte im Halfter, an seinem Gürtel. Roja fixierte die Türklinke, ging darauf zu, griff danach. Er hielt ihre Hand fest und sagte: »Stopp, das geht jetzt nicht. Sie können da nicht rein.«

Roja zog ruckartig ihre Hand weg. Er kramte in seiner Gesäßtasche, ohne die Klinke loszulassen und zog seinen Geldbeutel hervor. Als er versuchte, ihn mit einer Hand aufzuklappen, fiel er ihm aus der Hand und klatschte auf den Boden. Sein Passfoto starrte Roja an, das im Gegensatz zu seinem Gesicht aschfahl war.

»Sie sind neu, oder?«, fragte Roja.

»Nein!«, hörte sie Baba hinter der Tür.

Auch der junge Polizist horchte, hielt immer noch die Türklinke.

»Weil ich Sie noch nie gesehen habe«, sagte Roja.

Ohne die Klinke loszulassen, bückte sich der Polizist, hob den Geldbeutel auf und hielt Roja seinen Dienstausweis vors Gesicht: »Kriminalassistent Tobias Springer.«

Roja deutete auf die Tür: »Ihr Kollege kennt mich bereits.«

»Und wer sind Sie?«, fragte Springer.

»Ich bin Herrn Özens Anwältin.«

»Ach so ... ähm.«

Er drückte die Klinke nach unten und öffnete die Tür. »Bitte!«

Da stand Baba im weißen Flügelhemd vor ihr. Der Polizist hielt ihn von hinten an den Handfesseln. Schweiß glänzte auf seiner Stirn. Baba: bebend, barfuß, bleich.

Rojas Bluse war schweißnass, als sie die Pathologie erreichte. Gerade noch rechtzeitig.

Der Hörsaal war voller Menschen, die Luft verbraucht. Michaela winkte ihr aus der vorletzten Reihe. Roja drückte sich zwischen den anderen hindurch, der Platz neben ihr blieb frei. Sie klappte den Holzsitz hinunter und legte ihre Jacke darauf.

»Na, warste noch bei deinem Liebhaber?«, fragte Michaela.

»Lass das«, sagte Roja und zog ihre Jacke aus.

»Hat er dich geleckt?«

»Michaela, bitte. Für sowas habe ich jetzt überhaupt keinen Nerv. Ich…«

»Darf ich?«, unterbrach sie ein junger Bursche mit schwarzen Haaren und Vollbart. Roja stöhnte genervt auf. Ohne eine Antwort abzuwarten, setzte er sich neben sie. Unten war der Pathologe in Schürze, Handschuhen und Haube vor die Leiche getreten.

»Jetzt wird's heftig«, flüsterte der Bursche. Roja verstand nicht, was der Pathologe gesagt hatte, versuchte den Burschen zu ignorieren.

»Das ist eigentlich nichts für eine grazile Frau wie Sie.« Roja starrte nach unten. Ihre Kommilitonin reichte ihr eine Tube mit Menthol-Balsam.

»Pneumonie-Prophylaxe gefällig?«, fragte der Bursche.

Roja dachte: *Auf dem Duden geschlafen oder was?* und versuchte, den Worten des Pathologen zu folgen. Sie schraubte die Tube auf, drückte Salbe heraus. Der Eukalyptusgeruch erinnerte sie an Gliederschmerzen und Schnupfen. Sie schmierte sich die Salbe unter die Nase, schraubte sie zu und reichte sie zurück.

»Ich seh schon, du kannst mich nicht riechen«, sagte der Bursche.

Roja konnte sich ein Lächeln nicht verkneifen, schaute in seine braunen Augen, wollte gerade etwas sagen, da begann der Pathologe, die Kopfhaut der Leiche mit einem Skalpell aufzuschneiden. Um sie dann Stück für Stück vom Gesicht abzuziehen. Im Vorlesesaal herrschte absolute Stille. Der Pathologe nahm eine Handsäge und schnitt geräuschvoll das Schädeldach durch. Da gab es einen dumpfen Knall. Der Bursche war vom Stuhl gekippt.

Im Stadtbrunnen plätscherte Wasser in das vermooste Becken. Zwei graue Soldaten mit Stahlhelmen glotzten herunter, über ihnen thronte Maria mit einem Jesuskind auf dem Arm. Roja biss in den Liebesapfel, Serhat zog an seiner Zigarette.

»Weißt du, Serhat«, begann Roja. Wolken schoben sich vor den Mond.

»Mutter!«, unterbrach sie eine wimmernde Stimme. Roja rückte näher an ihren Bruder heran. Der warf seine Zigarette auf die Straße und drückte sie aus. Sie schlichen sich hinter den Brunnen. Auf den Stufen kniete Markus Keilhofer, die Hände gefaltet, Tränen liefen ihm übers Gesicht. »Mutter«, flehte er. Komplett nackt. Die beiden hatte er noch nicht bemerkt.

»Komm«, sagte Serhat und zog Roja auf die andere Seite des Brunnens.

»Mutter!«

»Sag ja«, flüsterte Serhat und stieß sie in die Seite. Roja reagierte nicht.

»Mutter!«

»Ja«, sagte Roja zögerlich.

»Wo bist denn?«

Roja überlegte. Serhat deutete auf die Wolken. Roja schüttelte den Kopf.

»Mutter?«

Serhat holte ein iPhone heraus. »Wo hast du das denn schon wieder her?«, flüsterte Roja. Baba hatte ihn nicht ohne Grund »schlechtes Vorbild« geschimpft. Bevor sie reagieren konnte, ging Serhat hinter den Brunnen. Blitze erhellten die versteinerten Gesichter der Wehrmachtssoldaten, stachen in die Nacht.

25. Juni 2007

Ayyub Zlatar

Die Spinnwebe wiegte sich zwischen den Bäumen in der Morgensonne, bis sie vom Gewehrlauf auseinandergerissen wurde. Aus dem Inneren der grünen Kiste, die Ayyub trug, drang ein Kratzen, das Gewehr drückte ihm in den Rücken. Dann hatte er die Stelle erreicht. Die große Eiche bohrte sich vor ihm in den Himmel. Auch die aus Ästen und Stämmen erbaute Hütte mit der Schießscharte stand noch. Sein Herzschlag beschleunigte sich. Bummbumm. Bummbumm. Bummbumm.

Ayyub stellte die Kiste neben dem Pflock ab. Im Dunkeln der Hütte hatte sich etwas bewegt. Er nahm das Gewehr von der Schulter. Es raschelte. Er zielte auf den Eingang des Lagers. Drückte das Gewehr gegen seine Schulter. Etwas raste aus dem Dunkel auf ihn zu. Ayyub schoss. Der Knall prallte am Waldrand ab. Rauch stieg hoch. Staub wirbelte auf. Das Wildschwein rannte ihn um. Fegte davon. Das Kratzen im Inneren der Kiste wurde lauter. Ayyub kniete sich hin, zog die Lederschnur auf und öffnete die Kiste. Die Schnur schob er an dem einen Ende durch den Ring am Pflock und verknotete sie am anderen Ende mit dem Fuß des Uhus. Dann flüsterte er: »Dodi, Uho.«

Zögerlich hüpfte der Uhu aus der Kiste und flatterte auf das Querholz, das auf dem Pflock befestigt war. Er drehte seinen Kopf hin und her, als säße er auf einer Schraube. Ayyub verschwand in der Hütte. Nach und nach sprenkelte sich der Himmel schwarz. Krächzende Krähen kreisten in der Luft. Einige landeten, die Äste bogen sich unter ihrem Gewicht, wippten auf und ab. Ein besonders großes Tier thronte ganz oben im Baumwipfel. Ayyub zielte, drückte ab: Die Krähe stürzte in die Tiefe.

»Lass uns was unternehmen«, sagte Maria und setzte sich auf Ayyubs Wohnzimmercouch.

Ayyub schob den Igel in den Käfig. Die Federn auf der Brust des Uhus hoben und senkten sich.

»Wie wärs mit Kino?«, fragte er, »*Chrysalis*?«

Er blieb vor dem Käfig stehen. Der Uhu hüpfte zum Igel. Der stellte fauchend seine Stacheln auf.

»Ich kann einfach nicht verstehen, was du daran gut findest«, sagte Maria.

»An *Chrysalis*?«

Sie machte eine wegwerfende Handbewegung.

Der Uhu stellte eine Kralle auf den Igel. Mit dem Schnabel schabte er ihm Stacheln von der Haut.

»Wer war eigentlich der Mann, mit dem ich dich neulich in der Stadt gesehen habe?«, fragte Ayyub.

Der Uhu hackte ruckartig auf den Igel ein. Drehte den Kopf hin und her.

Maria stand auf, streichelte Ayyubs Hände und hielt sie sich an die Wange.

»Deine Hände sind von der Arbeit ganz rau geworden.«

»Wie wärs mit *Fluch der Karibik*?«

»*Fluch der Karibik*? Dir ist also nach Urlaub?«, fragte Maria.

»Urlaub mit dir wäre eine feine Sache«, sagte Ayyub.

Der Uhu riss dem Igel Fleisch aus dem Leib, zog die Haut in die Länge, bohrte seinen Schnabel immer tiefer in die Eingeweide.

»Aber nur, wenn ich dafür einen Wunsch freihabe.«

»Du Miststück«, sagte Ayyub und kitzelte Maria durch, bis sie lachend auf dem Boden abklopfte. Erschöpft fielen sie sich in die Arme. Maria küsste ihn auf den Mund. Ayyub riss ihr die Hose herunter. Drehte sie um. Löste seinen Gürtel.

»Stopp!«, hauchte Maria. »Nimm einen Gummi.«

Ayyub spuckte auf seine Hand und umschloss seinen steifen Penis. Dann drang er in ihren After ein. Vom Schnabel des Uhus tropfte Blut.

Marias Eltern hatten ihr Haus außerhalb von Auffing gebaut, als sie noch ein Baby gewesen war. Ihr Garten gab den Blick frei auf Felder, Wiesen und Wälder. Marias Mutter hatte den Tisch im Garten unter dem Apfelbaum gedeckt. Mit dem Tortenheber deutete sie auf den Apfelkuchen.

»Das sind Äpfel von dem Baum, vom letzten Oktober.« Sie zeigte auf das Geäst über ihnen, das ihr noch mehr Striche ins Gesicht zeichnete. »Den hat Erwin gepflanzt, als Maria zur Welt gekommen ist.« Sie tätschelte ihrem Gatten die Schulter, wie Maria es manchmal bei Ayyub tat. »Und der hier«, sie deutete auf einen größeren Baum vor einem hölzernen Sandkasten. »Ist von den Birnen von Julians Baum, Marias Bruder. Und der Sandkasten ist für unsere Enkel.«

»Da habe ich schon drin gespielt«, sagte Maria schnell.

Marias Mutter sah Ayyub erwartungsvoll an. »Birne oder Apfel?«

»Ich hätte gerne ein Stück Apfelkuchen, bitte.«

»Und ich nehm die Birne«, sagte Maria und lachte Ayyub an.

»Sie haben sicher mehr Geschwister, oder?«, sagte Marias Papa mit vollem Mund.

Ayyub verschluckte sich. Nicht einmal in den Massengräbern waren sie gefunden worden. Und Onkel Mirsad weigerte sich, mit ihm zu sprechen, weil er ihn für einen Kafir, einen Ungläubigen hielt, weil er immer noch keine Kinder für die Ummah gezeugt hatte.

Maria reichte ihm ein Glas Wasser und sagte: »Nein, Ayyub hatte nur eine Schwester.« Eilig schob sie hinterher. »Wir wollen in den Urlaub fahren.«

»Ach, schön«, sagte Marias Mutter ein bisschen zu laut.

»Nach Rovinji oder Pula?«, fragte Marias Vater.

»Ja, dort ist es schön«, sagte Marias Mutter.

Maria griff nach Ayyubs Hand. »Nein, wir fahren nach Italien, nach Jesolo.«

Ayyub ließ Marias Hand los.

25. Juni 2007

Markus Keilhofer

Im Wohnzimmer:

»Guggile, ich muss mit dir reden«, sagt Großvater. »Setz dich her. Trink ma ein Blutwurz? Weibi, trinkst auch einen mit?«

»Freili«, sagt Großmutter.

»Prost.«

Keilhofer schüttelts.

»Du bist ja jetzt erwachsen. Und ein richtiges Mannsbild...«, sagt Großvater.

»Was der Vati meint ist: Das kann man auch heilen«, sagt Großmutter.

»Ich bin ned krank.«
»Aber es is halt mal so, dass Manner und Weiberleit zammenghören«, sagt Großvater.
»Das war scho immer so«, sagt Großmutter.
»Ihr kennts doch die B«, sagt Keilhofer.
»Die ned grüßt?«, fragt Großmutter.
»Also ich find sie ganz nett«, sagt Großvater.
»Weils ein großen Busen hat«, belfert Großmutter.
»Sie fährt heut auch mit.«
»Wenn die mitfährt, bleibst du mir da«, sagt Großmutter. »Sonst enterb ich dich. Die hat einen schlechten Einfluss auf dich.«

Im Auto in der Toskana:
Sie schrauben sich zwischen den Bäum den Berg rauf. Seit Stunden. Eine Kurven nach der anderen. Er schmeißt seine halbe, noch rauchende Kippn aus dem Fenster. Zum Glück hats der Jimi, der Pfadi-Gruppenleiter, nicht gesehen. Sonst hätt er vielleicht geschimpft, wegen der Brandgefahr. Das Schönste ist, dass es B immer wieder an Markus drückt. Ihren Busen. Ihren großen. Den der Großvater so gern anlangen tät. Das Schlimmste ist, dass er der Großmutter gegenüber ein schlechtes Gewissen hat, weil er einfach gefahren ist. Und, dass er einen brutalen Kater hat. Vom Volksfest gestern. Und vom Stechapfel. Dazu einen gscherden Magen. Die Absage von der Polizei war einfach zu viel für ihn. Die hat die x-tausendste Karten vom Vater aus Mazedonien auch nicht mehr rausreißen können.
Der Kofferraum ist voll: Rucksäcke. Zelte. Proviant. Vorn: Jimi. Daneben: Ernst. Hinten in der Mitten: B. Hinten rechts: er. Aus dem Fenster kann er in den Abgrund schaun. Auf die Bäum. Auf die der Schrottkarrn stürzen tät, würde er die Leitplanken durchbrechen. Immerhin gibts da kein indisches Springkraut, das alles

überwuchert. Und keine Wepsen. Sogar der Himmel ist einfach nur blau: keine Chemtrails also. Passieren kann ihm eh nix. Hat ihm Großmutter doch besonntes Mohnblütenöl einpackt.

Jimi steht der Schweiß auf der Stirn. Obwohl die Fenster auf sind. Er zieht die letzte Fertige aus seiner Schachtel. Ausm Radio singt Culcha Candela. »Ich finds hamma, dass du nicht so viel Scheiße laberst wie die andern. Außer dir und Mama gibt es keine mehr.« B schaut immer wieder zu ihm rüber. *Was willst denn?* Er spürt die Bässe im Magen. Er will bloß noch, dass das Auto endlich steh bleibt. Sonst kann er für nix garantieren. Jimi bleibt steh. Steigt aus. Markus reißt die Tür auf: schbeibt. Die Reifen rauchen. Jimi kippt Wasser drauf. Die Reifen rauchen noch mehr.

Im Zelt:
»Ich hab ein Krampf«, sagt B und langt sich an die Waden.

»Soll ich dich massieren?«

»Wär scho sche«, sagt B und grinst.

Ob ich das besonnte Mohnblütenöl zum Massieren überhaupt hernehmen darf? Er schaut auf die Uhr. Um Elfe braucht er bei der Großmutter deswegen nimmer anrufen. Die ist eh stinksauer auf ihn, weil er mit der B gefahren ist, obwohl sie es ihm verboten hat. Wegen der B ihrem schlechten Einfluss. Schlechter Einfluss. So ein Schmarrn.

Keilhofer massiert B einfach. Auch wenn er kein gutes Gefühl dabei hat. Am Anfang.

Nur er und B. Über ihnen die Stern. Die er nicht sieht. Mitten in der Pampa. Er hört nur die Grillen zirpen. Und B schnarchen. Davor hat er dürfen. Obwohl er gschbiem hat.

»Übung macht den Meister«, hat B gsagt, natürlich nicht die Schbeiberei gemeint, und recht ghabt. Trockenübungen habns die letzten Monat gemacht. Bis ihm die Eier wehgetan habn. Ihm wird kalt, weils nur einen Schlafsack habn. Mit dem hat er B zudeckt. *Hoffentlich können Großmutter, Großvater und ich in der Wohnung bleiben.* Mit der Mutter wär das alles nicht passiert. Der B ihr Busen bewegt sich auf und ab. Er würden am liebsten noch einmal anlangen. *Ob der von der Mutter auch so groß war?*, sinniert er. Und schon schämt er sich für sein Spatznhirn. Holt seine Jacken und sein Pullover aus dem Rucksack. Ziehts an. Es wird trotzdem nicht wärmer. Holt auch noch zwei Hosen raus. Ziehts an. Dann schläft er ein. Neben B.

Samstag, 5. März 2016

Roja wacht auf, weil ihr Mund ausgetrocknet ist, ihr Kopf dröhnt und ihre Zunge glüht. Sie fröstelt, die Decke liegt vor ihrem Bett auf dem Fußboden. Sie horcht, im Haus ist es leise. Vermutlich ist Erbil auf Station und arbeitet und Esther im Kindergarten. Sie greift nach Erbils Decke, die neben ihr liegt. Erschöpft sinkt sie zurück in ihr Kissen, zieht die Decke bis zum Kinn.

Auf dem Nachtkästchen steht eine Tasse. Mit einer fahrigen Handbewegung fasst sie danach. Nippt daran. Verschüttet einen Teil auf die Bettdecke, bemerkt es nicht. Stellt die Tasse angeekelt zurück: kalter Kamillentee. Dann sieht sie die Packung Valium auf ihrem Nachtkästchen liegen. Erinnert sich daran, was geschehen ist. Der Muslim, Ayyub Zlatar. Dem sie eine Überweisung für die Psychiatrie ausgestellt hatte. Die Schüsse. Die verletzten Polizisten. *Wie viele es wohl überlebt haben?* Sie empfindet nichts. Keine Trauer, keinen Schmerz, keine Wut. Fühlt sich unendlich leer, obwohl ihr Kopf voller Bilder ist. Noch bevor sie nach der Packung Valium greifen oder sich weiter darüber wundern kann, dämmert sie wieder weg.

Esthers warme Hand streicht über ihre Haut. »Was ist mit dir, Dayê?«

»Dayê ist krank«, sagt Erbil. »Lass sie schlafen.«

Ayyub Zlatar

Endlich geachtet.

Der 31. Mai 2013 war ein Freitag. Es war der 151. Tag des Jahres. Angela Merkel war Bundeskanzlerin, Joachim Gauck Bundespräsident, der FC Bayern München deutscher Meister und bei der gewaltsamen Räumung des Taksim-Platzes in der Türkei starben drei Menschen. Anfang des Monats hatte der Prozess gegen die NSU-Terroristin Beate Zschäpe und drei Unterstützer begonnen. Xavier Naidoo veröffentlichte sein Album »Bei meiner Seele« und auf BR Alpha lief Folge 12 der Mythen des klassischen Altertums: Antiope.

31. Mai 2013

Roja Özen

Der Wald hatte die Lichter der schlaflosen Kleinstadt verschluckt. Ohne stehen zu bleiben hatte Fabio zu Roja gesagt: »Was du alles weißt.«

Der Mond hatte ihr Gesicht beleuchtet, sie hatte Fabio angelacht. Er war stehen geblieben. »Roja...«

Sie legte ihren Finger auf seine Lippen. Er nahm ihre Hand, streichelte über Daumen und Handfesseln. Ihr Herz schlug schneller. Er näherte sich, berührte die andere Hand. Ein knackender Ast ließ sie zusammenfahren. »Fabio, du alter Tschamsterer!«, sagte Keilhofer. Fabio ließ Rojas Hände fallen.

Roja schob die Bettdecke beiseite. Angewidert sah sie zu ihrem schnarchenden Mann hinüber und schlüpfte in ihre rosa Hausschuhe. Der gestrige Abend, der nächtliche

Spaziergang kam ihr wieder in den Sinn. Sie stellte sich vor, an Stelle von Erbil würde Fabio im Bett liegen.

Im Bad war es schon warm. Sie streifte ihren Slip herunter, zog sich das weite Shirt über ihre langen Haare. Stieg unter die warme Dusche, und nahm eine Vollwaschung vor. Da fiel ihr ein, dass Erbil und sie heute einen gemeinsamen Vormittag verbringen würden, ohne Esther. Das erste Mal, seit sie verheiratet waren. Sie stieg aus der Dusche, trocknete sich ab, föhnte die Haare und schlüpfte in ihren Slip und in ihren Bademantel.

Der Duft von Kaffee und frischen Semmeln stieg in ihre Nase. Sie ging nach unten. Erbil trug gerade ihren Espresso zum reich gedeckten Tisch: im Blaumann.

»Morgen, Khoschauist«, sagte er und küsste sie auf die Wange, worauf sie zurückwich. Sein Bart kratzte und er roch nach Knoblauch.

»Was ist?«, fragte er.

»Das ist doch nicht dein Ernst?«

»Wieso?« Er breitete fragend die Arme aus.

»Ich schaufle mir einen halben Tag frei, und du?«

»Ich bin doch da?«

»So?« Sie zeigte auf seinen Blaumann, drehte sich um und ging auf die Toilette. Dort zog sie sich ihr Höschen aus und ging zurück zum Frühstückstisch. Erbil hatte sich bereits eine Semmel geschmiert.

»Jetzt ist dein Espresso sicher schon kalt.«

»Macht nichts«, sagte Roja und nippte an der Tasse, ohne den Blick von ihm abzuwenden. »Ganz schön heiß heute, oder?«, sagte sie und blinzelte ihn an.

»Wie meinst du das?«

Sie stand auf, rutschte auf seinen Schoß, dass es ihren Bademantel nach oben schob. Erbil grinste sie an und streichelte über ihren nackten Oberschenkel.

»Deine spitzen Knochen drücken«, sagte er, schob ihr den Teller mit der anderen Hälfte seiner Marmeladen-

semmel hin und sie von seinem Schoß. »Iss mal was.«
 Eine halbe Stunde später röhrte der Bohrer in der Abstellkammer. Stichsäge und Staubsauger folgten. Verschwitzt und voller Staub kam er Stunden später heraus und grinste sie verschwörerisch an.
 »Umdrehen.«
 Er verband ihre Augen, führte sie in die Abstellkammer und löste das Tuch. Eine Gebetsnische hatte sie bis jetzt nur im Fernsehen gesehen. Und jetzt hatte ihr ihr ungläubiger Erbil tatsächlich eine gezimmert. Sie näherte sich seinem Mund, strich ihm durch die Haare. Und zuckte zurück.
 Als sie sich später duschte, kam Erbil herein und sagte: »Kein Wunder, dass die in den Golfstaaten an Wasserknappheit leiden.«

Nach dem Mittagessen beim Italiener fuhr Roja in ihre Praxis.
 »Und, jemand da?«, fragte sie ihre Sprechstundenhilfe Aida am Eingang.
 Aida nickte. »Das ganze Wartezimmer ist voll. Und drei Spezialfälle warten auch schon auf Sie. Die Anästhesistin ist in fünf Minuten da.«
 Sie ließ es sich nicht nehmen und warf einen Blick in das proppenvolle Wartezimmer. »Guten Morgen«, grüßte sie beschwingt und schloss die Tür hinter sich. Den Frauen mit den Kopftüchern schenkte sie keine besondere Aufmerksamkeit.
 »Ruf doch bitte schon mal den ersten Spezialfall auf«, sagte Roja und ging ins Behandlungszimmer. Dort legte sie den Autoschlüssel auf ihren Schreibtisch, hängte ihren dünnen Mantel an die Garderobe und wusch sich die Hände. Stumm dankte sie ihrer Freundin Kanî, der Gynäkologin, die sie in der Kunst der Wiederherstellung unterwiesen hatte.

Die Frau mit dem Kopftuch trat ein. An ihrer Hand ihr Kind, oder vielmehr eine junge Frau in weitem Mantel, der ihre Rundungen verbarg. Wie ihre Mutter trug sie ein Kopftuch. Die Mutter errötete. Die junge Frau versuchte zu lächeln, was ihr nicht gelang. Neben dem Grübchen blinkte ein weißer Pickel.

»Açelya Baran.« Die Mutter reichte Roja die Hand. »Wir brauchen Ihre Hilfe«, sagte sie. »Meine Tochter Gamze.«

Baran, der Name kommt mir bekannt vor, dachte Roja.

»Bitte nehmen Sie Platz.«

Zögerlich setzte sich Gamze auf den Stuhl vor dem Schreibtisch. Ihr braunes Tuch war verrutscht, darunter zwängten sich Haare hervor, die sich nicht bändigen lassen wollten. Ihre Mutter setzte sich daneben.

»Was kann ich für Sie tun?«

»Peki...«, begann die Frau.

»Bitte deutsch«, sagte Roja streng.

Die Frau räusperte sich.

»Gamze heiratet.«

»Wie alt bist du denn?«, fragte Roja und schaute in die verängstigten braunen Augen.

»Siebzehn.«

»Ist sie dafür nicht ein bisschen zu jung?«

Die Mutter schüttelte den Kopf, die Handtasche schützend auf ihrem Schoß.

»Du untersuchen, ob Frau?«

»Ich sehe, dass sie eine Frau ist.«

»Junge Frau.«

Roja sah, wie sich Gamze in ihrem Stuhl wand.

»Jungfrau?«

»Jungfrau, Jungfrau«, freute sich ihre Mutter und strich mit der Hand über ihre Tasche.

»Die Wiederherstellung des Jungfernhäutchens kostet 400 Euro«

»Tschi«, stieß die Frau aus, »400 Euro.« Sie sah zu

ihrer Tochter hinüber, die auf den Boden stierte. Der Zeiger der Uhr tickte. Die Mutter öffnete ihre Handtasche, zog ein Bild hervor.

»Mein Mann dich kennen.«

Roja nahm das Bild. Auch wenn er weniger Haare hatte, die an einigen Stellen ergraut waren, erkannte sie den Märchenonkel wieder. Sie erinnerte sich an eine Geschichte, die er ihr erzählt hatte:

Es war einmal ein junger Mann namens Dehok, der ermordete seinen Vater. Selbst vor dem Mord am Herrscher Camsid schreckte er nicht zurück, um an seine Stelle zu treten und zu regieren. Daraufhin wuchsen Dehok zwei Schlangen aus seinen Schultern. Verzweifelt bat er Ärzte und Weise aus dem ganzen Land um Hilfe. Einer empfahl ihm, die Schlangen täglich mit den Gehirnen zweier junger Menschen zu füttern, das würde sie vielleicht töten. So gab Dehok seinen Wächtern den Befehl, täglich zwei junge Menschen umzubringen. Hass und Abscheu regten sich unter dem Volk. Dank einiger mitfühlender Wächter des Dehok, unter ihnen Ermayil und Kermayil, wurden jeden Monat dreißig junge Menschen vor dem grausamen Tod bewahrt, indem man den Schlangen statt zwei Menschenhirnen ein Schafshirn und ein Menschenhirn zum Fressen gab.

Hunderte mussten in die Berge flüchten. Diese Menschen atmeten die freie Luft der Berge und bildeten den ersten kurdischen Stamm. Einer von ihnen, ein junger Mann namens Kawa, brach eines Tages das Schweigen und organisierte den Widerstand gegen die Despotenherrschaft. Er zündete ein Feuer an und schmiedete Schwerter, Schilder, Messer und Nägel. Weil sein Vater dem Tyrannen geopfert worden war, schlug er Dehok Nägel in seinen Kopf, die in das Gehirn eindrangen. Der Sturz des Dehok machte der Grausamkeit und dem Leid ein Ende. Daraufhin stieg Kawa auf einen hohen Berg und entzündete dort ein großes Feuer, um den Sieg zu verkünden. Seitdem werden jedes Jahr zu Newroz Feuer entzündet.

Nach dem Ende der Sprechstunde fuhr sie zu ihrem Vater. Sie läutete, aber er öffnete nicht. Sie sah durch die schmale Glasscheibe am Rand der Tür. Sah Licht. Nach dem dritten Klingeln kam Baba mit seinem Gehwagen, nach vorne gebeugt, zur Tür gerollt und öffnete. Roja hätte ihm fast die Tür auf die Nase geschlagen.

»Dembaş, mein Sonnenaufgang. Wie geht es dir?«, fragte er. Ohne zu antworten, stürmte sie an ihm vorbei in die Wohnung. Sie hatte richtig vermutet. Apo hielt im Fernsehen eine Rede.

»Warum öffnest du nicht?«

»Kann mir meine Keç erklären, warum sie ihren alten Vater nicht begrüßt, sondern hier hereinstürmt wie eine Horde Soldaten?«

Im Fernsehen fuhren gepanzerte Fahrzeuge an brennenden Autos vorbei. Rauch hing in den Straßen. Schwerbewaffnete Soldaten bewachten Trümmer. »Taksim-Platz« stand darunter.

»Möchtest du Ça?«

»Könntest du den Fernseher zumindest in meiner Anwesenheit ausschalten?«

Ihr Vater holte ein Glas, schenkte Tee ein. Sie setzte sich und nippte daran. Den Fernseher schaltete er nicht aus.

»Immer noch kein Zucker?«, fragte er.

Sie schüttelte den Kopf. Er ließ sich auf den Sessel mit der Fernbedienung fallen, den sie ihm zu seinem letzten Geburtstag geschenkt hatte. Er verzichtete darauf, die Füße nach oben und die Rückenlehne nach unten fahren zu lassen. Stattdessen holte er seine Misbaha aus der Tasche und ließ die Finger der linken Hand über die Perlen springen.

»Was möchtest du?«

Roja hörte einen leisen Vorwurf aus seiner Stimme, weil sie schon so lange nicht mehr bei ihnen gewesen war.

»Wo ist Mutter?«

»In der Raiffeisenbank putzen. Ihr Rücken plagt sie zurzeit sehr.«

Wie Roja dieses Selbstmitleid hasste.

»Hätte sie ordentlich Deutsch gelernt, dann müsste sie nicht putzen gehen.«

Ihr Vater richtete sich auf.

»Baba, die Frau von Baran war heute bei mir, wegen ihrer Tochter.«

Roja spürte, wie ihr das Blut ins Gesicht schoss. Sie hatte es sich leichter vorgestellt, mit ihrem Vater darüber zu sprechen.

»Baran. So, so«, sagte Baba und nippte an seinem Tee. »Geht es ihm gut?«

»Ich glaube schon«, sagte Roja, trank den Tee aus und erhob sich. Im Fernsehen strahlte Beate Zschäpe.

31. Mai 2013

Ayyub Zlatar

Er sah nach hinten. Sein Herzschlag beschleunigte sich. Bummbumm. Bummbumm. Bummbumm. Die Waffe lag in der Tasche auf der Rückbank. Sein Herzschlag verlangsamte sich. Bumm ... Bumm ... Bumm ... Seine Zähne zermalmten den Kaugummi. Der Wald öffnete sich auf der Fahrerseite. Eine Möglichkeit, zu entfliehen. Aber auch die Gefahr, gesehen zu werden. Die Lichter der Landebahn starrten ihn an, saßen auf gelben Gerippen. Er bog in den Waldweg ein, parkte vor dem langgezogenen

Haus. Zuerst dachte er, wie so oft, es wäre unbewohnt. Ein Geisterhaus. Ohne Seelen. Ohne Menschen. Ohne Essen. Ohne Trinken. Im milchigen Licht der drohenden Abenddämmerung. Er stieg aus, langte nach dem Griff der Tasche. Sein Herzschlag schneller als seine Schritte. Bummbumm. Bummbumm. Bummbumm. Ein Flieger brauste über ihn hinweg. Ayyub huschte an dem Gebäude vorüber, nach hinten, in den Schießstand.

Die Kollegen waren noch nicht da. Andere Kollegen als in Ludwigshafen. Ob er sie vermisste, hatte ihn Maria gefragt. Vermisste er sie? Vermisste er etwas? Konnte man etwas vermissen, wenn man keine Vergangenheit hatte, die Zukunft durch die Vergangenheit bedroht war? Er ging in die Küche mit den hölzernen Königsscheiben über der Eckbank an der Wand: Kirchen, Wildschweine, Hirsche, Dachse. Darunter, hinter der Glasscheibe, warteten sie auf ihn. In der sich sein Gesicht verschwommen spiegelte. Doch sie waren stärker. So musste er sich seine Augenringe und seine eingefallenen Wangen nicht ansehen, die Maria besorgten: »Was ist nur mit dir los? Seit Monaten schläfst du nicht. Rede mit mir!« Reden. Was sollte er sagen, wenn die Worte fehlten? Die Bilder die Worte erstickten? Das Lachen der anderen viel zu laut war, als dass er die eigenen Worte hören konnte? Wenn sie nur verstummten, wenn die Schüsse sie übertönten, ihn in die Gegenwart holten?

Sein Herzschlag war so übermächtig, dass er bis in seinen Kopf wummerte, ihn zittern ließ. In Reih und Glied standen sie vor ihm. Anfang und Ende. Patronen aller Kaliber. Mit breitem Boden, mit eingestanzten Zahlen und Buchstaben. Ihre Herkunft, eingeprägt auf dem Amboss. Tot. Kaltes Metall. Das versteckte Zündhütchen. Es muss den Schlag ertragen, wenn der Bolzen auf ihn trifft. Gefüllt mit dem Pulver, der Treibladung, die in der Welt aufgeht, in den Schützen übergeht, wenn er den Geruch einsaugt. Sich aufrichtet. Wenn er dem Rückschlag widerstanden hat. Die Hülse, die die Treibladung umschließt, unsichtbar, nur durch den Abzug auszulösen. Mit ihrer glatten Oberfläche, so wohlgeformt wie Marias Beine. Marias messingfarbene Haut. Wie von Gott erschaffen. Enger wird es, schmaler, wenn man sich der Kugel nähert. Und dann beginnt der Teil, der gottgleiche Teil der Kugel, der sich ablöst, bevor sie in die Welt schießt, auf den Gegner zu. Der Mantel versteckt ihre Macht, Leben zu beschützen, ihre Macht, Leben auszulöschen. Ein Gotteswerkzeug. In der Kugel der Kern, das Wesentliche.

»Servus, Ayyub.«

Eine Hand landete auf seiner Schulter. Er drehte sich langsam um, damit man nicht sah, dass er erschrocken war.

Franz stand vor ihm.

»Meditierst wieder vor der Munition?«

»Scho«, sagte Ayyub, ging zu seiner Tasche.

»Die brauchst heut ned. Geh weiter.«

Franz ging in den Schießstand. Stellte seine Taschen darin ab. Sie waren viel größer als die von Ayyub. Kam wieder in den Aufenthaltsraum, der zugleich das Büro war, noch bevor Ayyub ihm hatte folgen können. Er grinste Ayyub verschmitzt an. Der wischte mit der Hand über die sich ankündenden Schweißtropfen über seiner Oberlippe, wischte die Unsicherheit weg.

»Und bist scho aufgregt?«

Ayyub zuckte automatisch mit den Schultern.

»Bin gleich wieder da. Ich hab eine Überraschung für dich dabei. Die anderen kommen auch gleich.«

Ayyub ging zurück zur Vitrine. Die abgerundete rosafarbene Spitze einer Patrone, die Kugel, erinnerte ihn an Marias Brustwarze. Er merkte, wie er geil wurde. War erstaunt darüber, weil er seit Wochen Maria nur ihr zuliebe fickte, er nur einen Ständer bekam, wenn sie seinen Schwanz in den Mund nahm. Dann setzte sie sich auf ihn. Ritt ihn. Bis sie kam. Zum Höhepunkt. Lust. Unlust. Lebenslust. Als Kind. Seine Mutter, wie sie ihm ihre Brust gegeben hatte. Lust und Schmerz. Leben und Tod. Tod und Leben. Ohne Leben kein Tod. Und ohne Tod kein Leben. Sein Kiefer schmerzte. Wenn es schmerzte, dann half nur, die Zähne zusammenzubeißen, bis es noch mehr schmerzte, der körperliche Schmerz größer war als der psychische Schmerz. Bis der Kiefer hart wurde. In den Körper, über den verhärteten Kiefer in den Muskel hinter dem Kopf überging, er das viele Denken nicht mehr ertrug, weil der Kopf zu schwer wurde. Wenn das Denken in das Gehirn stach, der Schmerz das Denken unmöglich machte, dann wurde das Leben wieder erträglich. Doch selbst wenn er alles herauskotzte, ließ der Schmerz nicht nach, weckten ihn die Sterne in der Nacht. Obwohl die Rollos geschlossen waren, drang das Licht der Sterne, die Geräusche der Menschen hindurch.

Die Tür öffnete sich, Franz kam herein, hinter ihm Ferdinand und Manfred.

»Servus.«

Sie gaben sich die Hände. Ferdinand packte aus.

»Da schau einmal her, Ayyub, was meine Waltraud heute extra für uns gekocht hat.«

Er stellte einen Korb auf den Tisch, holte eine Plastikdose heraus.

»Fleischpflanzerl.«

Ayyub versuchte, seinen Ekel zu verbergen.

Ferdinand öffnete die Dose, hielt sie Ayyub unter die Nase. Der roch das verbrannte Fleisch, erschauderte. Sterne blitzten vor seinen Augen. Rauch waberte vorbei.

»Jetzt setzt Euch mal her zu mir«, sagte Franz feierlich. »Wir haben uns heute schon so früh getroffen, weil die anderen das offiziell nicht wissen dürfen.«

Manfred und Ferdinand nickten, sie wussten also Bescheid.

»Vor einem Jahr bist du zu uns gekommen«, sagte Franz und legte Ayyub den Arm auf die Schulter. Auch, wenn es ihm unangenehm war, ließ er ihn gewähren. »Wir haben sofort gesehen, dass du schießen kannst. Obwohl dir der kleine Finger fehlt.«

Ayyub versteckte seine Hand, schloss kurz die Augen.

»Aber Gesetz ist Gesetz«, fuhr Franz fort. »Und deswegen haben wir dich auch erst einmal ein Jahr lang nur mit Luftpistole und Luftgewehr schießen lassen.« Er strich seinen Schnauzer glatt.

»So wie es sich gehört«, sagte Ferdinand und schnürte seinen Gürtel enger, über den sein Bauch hing.

»Manchmal muss man eben auch was machen, wie es sich nicht gehört«, sagte Franz.

»Genau, weil es sich eben so gehört«, sagte Manfred, »weil es Tradition ist.«

Ayyubs Blick wanderte von einem zum anderen. Er wusste nicht, was sie meinten.

»Geh weiter«, sagte Franz und stand auf. Dann sperrte er die Tür zu. Ging in den Schießstand. Ayyub und die anderen folgten ihm.

Ayyub tauchte ein in den Schießstand, die kühle Luft, die graue Welt aus Ursache und Wirkung. Alles absehbar, alles berechenbar.

Auf den ersten Blick sah alles aus wie immer. Die Plastikwände, die über der grauen Theke hingen und die Welt im Schießstand unterteilten und sie noch grauer machten. Die 25 Meter bis zur Schießscheibe flankiert von grauen Dämmmatten und dem grauen Boden, der notfalls auch eine Kugel schlucken konnte. Dann sah er, was heute anders war. Dort, am Ende des Schießstandes, wo ansonsten die schwarzen Schießscheiben mit den Zahlen von sechs bis neun hingen, hing heute eine

Mannscheibe. In militärischem Flecktarn. Die Uniform: Grün, braun. Sein Kiefer verhärtete sich. Bloß nicht jetzt! Franz beobachtet ihn die ganze Zeit über.

»Ich weiß, dass du weißt, dass Mannscheiben eigentlich verboten sind. Und wir wissen auch, dass die, die die Waffengesetze machen, noch kein einziges Mal in ihrem Leben eine Waffe in der Hand ghabt habn.«

»Ein Nudelholz vielleicht«, frotzelte Ferdinand und alle lachten.

»Aber es ist nun einmal unser Ritual, dass zum Einstand auf eine Mannscheibe gschossen wird«, sagte Franz.

Um sich zu beruhigen, schaute Ayyub auf die Theke, mit den grauen Kreisen, die ihm bis zu den Oberschenkeln ging. Seine Knie begannen zu zittern, wurden weich. Rechts von ihm, neben dem Durchgang, über den man zu den Zielscheiben gelangte, hatte Franz seine Pistolen aufgereiht. Und nicht nur die.

»Darf ich vorstellen«, sagte er. »Meine zwei Luger. Die da«, er hob die schwarze, längliche Pistole hoch, »ist von 1908.« Er streichelte über das Metall. Dann reichte er sie andächtig Ayyub.

»Mit der ist im Ersten Weltkrieg schon gekämpft worden?«, fragte der.

»Freilich«, sagte Franz. Ayyub gab sie zurück, Franz legte sie vorsichtig wieder hin.

»Und hier haben wir meinen Revolver, 9mm.« Franz grinste und überreichte sie wieder an Ayyub. Der Griff war rau. Das Metall kalt. Ayyub griff nach dem Schwert seines Vaters um seinen Hals.

Die Hitze des Julitages ergreift Besitz von ihm, er beginnt zu schwitzen. Sieht nach vorn, der Soldat in der Tarnuniform. Sieht den Skorpion mit dem Maschinengewehr in der Hand, das auf den Kopf seines Vater gerichtet ist. »Ayyub!«

»Magst sie gar nicht mehr loslassen, hah«, sagte Franz. Franz nimmt Ayyub die Waffe aus der Hand.

»Weils damit aber noch lang nicht vorbei ist«, Franz machte eine ausladende Handbewegung. »Alles legal. Bloß darf damit bei uns ned gschosen werden.«

Auf der Theke hatte er weitere Waffen aufgereiht.

»Scharfschützengewehr 3/08.« Ayyub ging hin und hob es hoch, ohne dass Franz ihn dazu aufforderte. *Tschetniks*, dachte Ayyub. »8- bis 24-fache Vergrößerung. Zielgenau auf tausend Meter.«

Es lag gut in Ayyubs Hand. Er legte es an: weich, griffig, schwer. Kniff die Augen zusammen.

»Am 12. Juli fahrn wir zum Schießstand nach Grafenwöhr«, er nahm Ayyub das Scharfschützengewehr aus der Hand, der es nur widerwillig losließ.

»Da kannst auch die ausprobieren. Mit der hab ich beim Baras scho gschossen.« Er griff nach der Maschinenpistole, die aufrecht auf der Theke stand, wie ein breitbeiniger Mann. Ferdinand grunzte zustimmend.

Ayyub setzte die Waffe an, sein Blick verfing sich im geriffelten Lauf, der vor seinen Augen verschwamm. Kniff die Augen zusammen. Zielte auf den Soldaten. Entsicherte. Drückte ab.

»Halt!«, schrie Franz.

An der Tür wäre Ayyub fast mit einem Mann zusammengestoßen, den er vom Sehen kannte. Käppi. Lange Haare. Eng beieinanderliegende Augen. Wortkarg.

»Servus«, sagte Ayyub, hetzte zum Auto und fuhr davon. Dass er keine Antwort erhielt, entging ihm.

Als er mit dem Wagen den Wald verließ, musste er anhalten. Er riss die Tür auf und übergab sich auf die Straße, ohne auszusteigen.

»Nema Problema«, hörte er seinen Vater sagen.

Er sah sich um, putzte sich mit dem Taschentuch den Mund ab.

»Ako govno mutis, jos je uvijek govno«, schimpfte seine Mutter mit ihrer hohen Stimme. »Wenn man Scheiße quirlt, ist es immer noch Scheiße.«

Ein Wagen schoss um die Ecke. Zivilpolizei! Ein Hund bellte.

Er schloss die Tür und gab Gas. Ein Flugzeug dröhnte über ihm.

Auf der Fahrt zur Arztpraxis wurde er von einem roten Audi und einem schwarzen BMW verfolgt. Er fuhr einen Umweg über die Siedlung mit den Einfamilienhäusern. Konnte den roten Audi nicht abschütteln. Also raste er über die rote Ampel. Er wusste genau, wo er hin musste, hin wollte. Er hatte sie kürzlich in der Stadt gesehen. In der Zeitung über sie gelesen, dass sie es geschafft hatte. Mit ihr würde er es schaffen.

31. Mai 2013

Markus Keilhofer

Daheim im Wohnzimmer:
Großvater rüsselt auf der Couch. Großmutter ist schon im Bett. *Glück ghabt.* Keine depperten Fragen: »Triffst die B noch? Wie schauts aus mit Enkel? Wird das noch was, bevor ich sterb? Willst die B nicht mal heiraten?«

Arbeit, Großeltern und Pfadis ist einfach zu viel.

Also bisserl entspannen, Kopfhörer und Xavier Naidoo rein. Mit der Scheckkarten eine Line auf dem Spiegel aufbauen. Einen Schein zusammengerollt. Und rein damit ins Hirn. »Ahh.« *Da reißts dir nicht nur die Augen auf.*

Den DVD-Player rausbauen und sich wieder verdünnisieren. Zu C der alten Zipfelbritschn.

Im Gang:
Die Schwester: »Hast du den Notruf ausglöst?«
»Nein.« Der DVD-Player drückt ihm in die Seiten. Er kann die Füß gar nicht mehr stad halten.
»Dann is was passiert.«
Er wetzt wieder rauf. Großvater rüsselt immer noch. Großmutter flackt im Gang. »Großmutter!« Schnell hin zu ihr. »Ich helf dir auf.« Die Schwester glangt auf der anderen Seiten hin. »Da, leg dich ins Bett, Großmutter.«
»Gmme.«
»Was sagst? Ich versteh dich ned«, sagt Keilhofer.
»Wir rufen jetzt ein Arzt«, sagt die Schwester.
Großmutter schüttelt den Kopf.
»Da kannst sagn, wasd willst. Ich ruf jetzt den Arzt«, sagt Keilhofer und merkt nicht, dass er schwitzt.

Großvater schlurft herein. Er langt nach Großmutters Hand.
»Gmme.«
»I versteh di ned. Was hast gsagt?«
Da läuts. »Der Arzt«, sagt die Schwester und geht zur Tür.
»Gott sei Dank«, sagt Großvater.
»Grüß Gott, Roja Özen«, sagt die Ärztin, zieht ihre Schuh vor der Haustür aus und gibt alle vier die Hand.
Die Arschhochbeterin, denkt Keilhofer, *die mich mit ihrem verfluchten Bruder damals fotografiert hat.*
»Was ist geschehen?«, fragt die Ärztin.
»Die Patientin hat den Notruf ausglöst. Mir habn sie aufn Bodn gfunden.«
Sie tatscht die Hand von der Großmutter an. »Hören Sie mich, Frau Keilhofer?« Großmutter nickt schwach.

Großvater studiert erst ihr Gesicht, dann ihr ganzes Gstell. Die wird ihm doch ned gfallen.

»Gehens bittschön wieder«, sagt Großvater. »Sie habn eine schlechte Aura.«

»Genau«, sagt Keilhofer und überlegt noch im selben Moment, ob er gerade einen riesengroßen Fehler gemacht hat.

»Wie bitte?« Die Ärztin schaut zur Schwester.

»Da«, sagt Großvater und deutet auf ihr Hirn. »Du Deifi.«

»Ich glaub es ...«

Der Großvater hat recht. Die hat da was auf ihrem Hirn. Die Krankenschwester stiert sie jetzt auch an. Die Ärztin schiebt sich das Kopftuch weiter in ihr Gfries.

»Sie habn das dritte Auge. Wie der Deifi«, sagt der Großvater.

»Verschwindens«, sagt Keilhofer.

Die Ärztin langt nach ihrem Koffer und sagt: »Das wäre unterlassene Hilfeleistung.«

Keilhofer geht zu ihr hin. Sie atmet aus. »Ich hab nicht vergessen, was du und dein Bruder gmacht habts«, flüstert er ihr ins Ohr. »Und ich weiß, wo du und deine Bagage wohnts. Nicht eher werd ich ruhn, bis du verschwunden bist. Und zwar ohne dein Stecher Fabio. Dahin, wo ihr herkommen seids.«

Sonntag, 6. März 2016

Als sie wieder erwacht, dröhnt ihr Kopf noch mehr. Ihre Zunge brennt nicht nur, sondern ist auch noch angeschwollen. Sie scheint den ganzen Mund auszufüllen. Die innere Leere ist einer traurigen Schwere gewichen, die auf ihren Bauch drückt. Aus dem Erdgeschoss ist das

Klappern von Geschirr zu hören. Also ist Erbil zu Hause, vielleicht sogar mit Esther. Schritte schleichen die Treppe herauf. Erbil kommt ins Schlafzimmer. Eine dampfende Tasse Tee in der Hand. Falten auf der Stirn.

»Khoschauist, wie geht es dir?«

Roja dreht sich zur Seite. Er setzt sich an den Bettrand. »Hast du Hunger?« Streichelt ihr über den Rücken. »Möchtest du eine Linsensuppe trinken?«

Sie kann nicht, will nicht mit Erbil sprechen. Sie braucht ihr Handy. Sie versucht, sich aufzurichten. Doch sobald sie das auch nur versucht, sieht sie, wie Ayyub schießt, die Polizisten mit schmerzverzerrtem Gesichtsausdruck zu Boden gehen. Erbil greift ihr unter den Arm, sie schüttelt ihn ab. »Khoschauist, was machst du?«

Sie versucht, sich aufzurichten. »Soll ich den Doktor rufen?« Sie ist Ärztin, braucht keine fremde Hilfe. Erneut versucht sie sich aufzurichten, Erbil stützt sie. Sie hat zu wenig Kraft ihn abzuschütteln, lässt es geschehen. Mit seiner Hilfe schafft sie es, sich am Bettrand aufzusetzen. »Musst du zur Toilette?« Sie stößt sich ab, Erbil hakt sich unter. Ihre Knie knicken ein, sie muss sich wieder setzen. An Erbils Augenringen sieht sie, wie sehr er sich um sie sorgt. Wie er überlegt, was sie wollen könnte. »Soll ich deine Eltern anrufen?« Roja versucht erneut aufzustehen. »Oder Traudel?« Die Knie geben nach, sie muss sich wieder setzen. Versucht es ein drittes Mal. »Möchtest du beten?« Natürlich will sie beten, aber dazu fehlt ihr im Moment die Kraft. Dann grummelt Erbil, wie er immer grummelt, bevor er etwas sagen will, was er eigentlich nicht sagen will. »Möchtest du dein Handy haben?« Roja lässt sich auf den Bettrand sinken. Bleibt aber sitzen. »Und eine Suppe?« Sie legt sich ins Bett, ohne Erbil anzusehen.

Kurze Zeit später hört sie seine Schritte erneut auf der Treppe. Mit dem Handy in der Hand tritt er ins Schlafzimmer. Legt es ihr auf den Bauch. »Ich weiß ja nicht, ob das eine gute Idee ist.« Roja schaltet das Licht an. »Die Suppe muss ich erst zubereiten.«

Sie gibt »Auffing« und »Attentat« in die Suchmaschine ein:

Süddeutsche Zeitung

29-jähriger Bosnier richtet in der Auffinger Dienststelle ein Blutbad an
Drei Polizisten sterben im Kugelhagel

Staatssekretär: Müssen wir jeden Psychopathen im Land lassen?

Auffing: Der bosnische Staatsangehörige Ayyub Zlatar (29) hat gestern Vormittag in Auffing drei Polizisten erschossen, einen vierten schwer und einen weiteren leicht verletzt. Er schwebt in akuter Lebensgefahr. Nach Angaben der Staatsanwaltschaft ist mit seinem Ableben zu rechnen. Über den genauen Tathergang gibt es noch keine gesicherten Erkenntnisse. Bei den getöteten Beamten handelt es sich um den 46-jährigen stellvertretenden Leiter der Auffinger Polizeiinspektion, Polizeihauptkommissar Alois Fend, den 45-jährigen Polizeihauptmeister Erwin Stadlmaier und den 27-jährigen Polizeikommissar Klaus Jurschitza. Fend und Stadlmaier hinterlassen Ehefrauen und Kinder. Gegen den 29-jährigen Bosniaken wurde noch gestern Mittag vom Amtsgericht Erding Haftbefehl wegen vollendeten dreifachen Mordes und versuchten Mordes verhängt und bereits Anklage erhoben.

Der Staatssekretär im bayerischen Innenministerium nannte das Blutbad bei einer Pressekonferenz »die Tat eines Verrückten«. Nunmehr werde im Landratsamt Erding, das vor vier Jahren dem Täter die Waffenbesitzkarte ausgestellt hatte, eine »gründliche Untersuchung stattfinden«. Er nahm die

Pressekonferenz zum Anlass, die Frage zu stellen »ob wir jeden Psychopathen im Land belassen müssen, bis ein Unglück geschieht«. Die Aufenthaltsberechtigung hätte längst überprüft werden müssen. Auch einen politischen Hintergrund wolle er nicht ausschließen. Der Innenminister ordnete »eine umfassende Untersuchung der waffenrechtlichen, ausländerrechtlichen und unterbringungsrechtlichen Fragen« an.

Kurz nach der Tat erklärte der Chef des Bundes Deutscher Kriminalbeamter: »Es ist völlig unverständlich, dass einem Ausländer in der Bundesrepublik ein Waffenschein erteilt wurde.«

Die AfD forderte eine umgehende Abschiebung des Attentäters.

Münchner Merkur
Heimatzeitung

Nach Gemetzel eines Bosniers brandet in Auffing blinder Ausländerhass auf
Auffing. Auch zwei Tage nach dem Massaker in der Polizeiinspektion herrscht in Auffing noch tiefes Entsetzen, teils lähmend, teils emotionsgeladen. Der sinnlose Tod der Polizisten hat bei vielen Bürgern abgrundtiefen Ausländerhass aufsteigen lassen. Mitbürger anderer Nationalitäten wurden auf offener Straße bespuckt und als »Mörderschweine« beschimpft. Viele der in Auffing lebenden Türken, Jugoslawen, Griechen und Italiener trauten sich am Wochenende nicht mehr auf die Straße.

Der Druck aus Rojas Bauch wandert in ihren Hals, schnürt ihn zu. Der Druck wandert weiter, hinter ihre Augen. Dort bleibt er. Erbil kommt die Treppe hinauf. Stellt die Suppe auf den Tisch. Setzt sich neben sie: »Ich muss Esther von meinen Eltern holen. Soll ich nicht doch lieber einen Arzt rufen?«

Roja antwortet nicht. Erbil geht. Roja würgt. Erhebt sich aus dem Bett. Setzt sich an den Rand. Blitze stechen in ihre Augen, in ihren Kopf. Sie schwankt ins Bad, hält sich an der Wand fest. Sie schafft es gerade noch bis über die Kloschüssel und erbricht das Wenige, das sie im Magen hat. Die Magensäure brennt auf der geschwollenen Zunge. Mit letzter Kraft zieht sie sich am Waschbecken hoch, spült sich den Mund aus, worauf der Schmerz ein wenig nachlässt. Dann drücken sie die Erlebnisse wieder zu Boden, kehren die Schüsse zurück, dämmert sie auf dem Badeteppich weg. Und spürt nicht mehr, dass sie trotz der Fußbodenheizung friert.

6. März 2016

Markus Keilhofer

Im Vorzimmer von der Heimatzeitung:
»Ich hab da was, was euch interessieren könnt.«
　Die Sekretärin: »Entschuldigens bittschön, mir habn zum tun. Sie sehen doch, was da los ist. Von *Bild* über *Spiegel* rennens uns die Türen ein.«
»Es geht um den Anschlag.«
»Kommens doch bittschön rein.«

In der Redaktion:
»Du weißt also was über das Attentat, Markus?«
»Scho.«
»Und was wär das?«
»Könnt ich ein Kaffee habn?«
　Dem Wast sein Schädel wird blutrot. Trotzdem holt er eine Tasse und schenkt Kaffee ein. »Milch, Zucker?«

»Nur Milch, bittschön.«
»Also, was hast?«
»Wissts ihr scho, dass da noch jemand auf der Wach war?«

Der Wast reißt seine Augen auf. »Wer soll das gwesen sein?«

»Ein Weiberts.«

»Ein Weiberts?«

»Aber nicht irgendein Weiberts.«

»Mensch, Markus, jetzt lass dir doch ned alles aus der Nasen ziehn.«

»Die Arschhochbeterin.«

»Sag mal, willst du mich verarschen? Jetzt sag mir, wensd meinst.«

»Die Ärztin mit dem Kopftuch.«

»Roja Özen?« Der Wast sinniert und legt seine Händ um seine Kaffeetass. »Das is ja interessant.«

»Find ich a. Schaut fast so aus, als hätten die zwei Terroristen das miteinander plant.«

»Mhhh. So meinst?«

»Freili. Wie sonst?«

»Hast ein Beweis?«

»Fotos hab i.«

Er drückt auf sein Handy. Aber es rührt sich nix. Großvater! Hat der wieder seine Griffeln im Spiel gehabt, weil er die Strahlen abwehren wollt. Man sieht sogar noch seine Dapper drauf. Und die Wasserspritzer. Der hat doch nicht wirklich biodynamisches, rechtsdrehendes Wasser auf mein Handy ... Wenn ich den in die Finger krieg, dann wird er meine negativen Schwingungen zum Spüren kriegen. Sein lebendiges Wasser hilft ihm dann auch nix mehr.

»Mein Handy is kaputt. Der Großvater ...«

»Also hast keine Beweise?«

»Die Kollegen wissen das auch.«

»Kollegen? Von deiner Partei?«
»Von der Polizei.«
»Wirklich?«

Im Krankenhaus:
Da herin riechts wie bei den Großeltern im Schlafzimmer.
»Schwester, wo find ich denn den Herrn Özen?«
»Hinten im Fäkalienraum.«
»Dankschön.«
Da isser ja. Keilhofer drückt den Aufnahmeknopf auf seinem Smartphone.
»Grüß Gott, Herr Özen.«
»Was wollen Sie von mir?«
»Warum war Ihre Frau eigentlich während dem Attentat auf der Polizeiwach?«
»Das geht Sie überhaupt nichts an, warum sie da war!«

Ayyub Zlatar

Endlich in Sicherheit.

Der 6. September 2015 war ein Sonntag. Es war der 249. Tag des Jahres. Angela Merkel war immer noch Bundeskanzlerin, Joachim Gauck immer noch Bundespräsident, der FC Bayern München wieder einmal deutscher Meister und der dreijährige Aylan Kurdi nicht mehr am Leben. In der südosttürkischen Stadt Cizre lieferten sich Kämpfer der kurdischen Arbeiterpartei PKK schwere Gefechte mit der türkischen Armee. Namika stand mit »Lieblingsmensch« auf Platz eins der Top Ten und um 20:15 Uhr begann der *Tatort* »Ihr werdet gerichtet« auf ARD.

6. September 2015

Roja Özen

Sie zog sich die Stirnlampe über, steckte Pfeffer- und Asthmaspray in die Jackentasche und schlüpfte in die Joggingschuhe. Durch das Küchenfenster musterte sie die verkehrsberuhigte Straße vor dem Haus. Im seichten Licht der Morgendämmerung war nichts zu erkennen. Bis auf schwarze Wolken, die sich über den Himmel schoben.

Auf dem Gehweg joggte sie neben den parkenden Autos aus der Reihenhaussiedlung hinaus. Plötzlich schoss ein Schatten hinter einem BMW hervor. Roja fuhr zurück. Zitterte am ganzen Körper. Der Pulsmesser an ihrem Arm zeigte 95. Die Katze miaute sie an. *Mich kriegst du nicht klein, Keilhofer,* dachte Roja und rannte mit hämmernden Schritten bis zum Stadtrand. Jetzt konnte sie weit über die

Wiesen blicken, die vom Schinderbach durchschnitten wurden. Hier konnte er sich nur im tiefliegenden Flussbett verstecken, wo sie ihn erst spät entdecken würde. Sie griff in die Jackentasche, fühlte das glatte Metall des Pfeffersprays. Fußballfelderweit entfernt erhob sich der Wald. Darüber öffnete ein blauer Streifen den Himmel. Sie jagte an den Feldern vorbei, zum Schinderbach, über die Holzbrücke. Es knackste, sie überlegte, ob sie umdrehen sollte, entschloss sich, auf dem Kiesweg weiterzulaufen, der in einigem Abstand zum Schinderbach verlief. Kurz bevor sie den Berg zur Lourdesgrotte erreicht hatte, kehrte sie um und rannte über die Wiese in die Stadt. Bog in die Spielstraße ein. Keilhofer hatte sich auf dem Gehweg aufgebaut. Blies Rauch in die Luft. Starrte ihr stoisch entgegen. Roja wechselte die Straßenseite und flüchtete ins Haus, schob den Schlüssel zitternd ins Schloss. Sie drehte ihn so oft herum, bis es nicht mehr weiter ging. Dann stellte sie sich unter die Dusche, um eine Ghusul, eine Vollwaschung vorzunehmen. Wie immer ließ der Druck in ihrem Bauch nach, kündigte sich die Demut an. »Bismillahi-r-rahmani-r-rahim«, sagte Roja und reinigte sich fünfmal zwischen den Beinen. Zweimal mehr als es der Koran vorschrieb. Apfelduft erfüllte die Duschkabine. »Allah, mach mich zu einem der Reumütigen und mach mich zu einem sich Reinigenden«, sagte sie abschließend und duschte den ganzen Körper. Als sie sich abtrocknete, schwitzte sie immer noch.

»Tu das nicht«, sagte Erbil. Roja drückte den Griff der Haustür trotzdem nach unten. »Am Ende verprügelt er dich noch. Das ist ein Fall für die Polizei.«

»Ich weiß schon, was ich tue.«

»Dann lass mich wenigstens mitkommen.«

Warum tat Erbil sich so schwer damit, das zu verstehen?

»Was denkst du, wie sich Frau Huber fühlt, wenn ich mit einem Mann ankomme?«

Er breitete die Arme fragend aus. Sie setzte sich aufs Fahrrad, radelte in Richtung Bahnhof. Die Griffe nass, der Wind kalt, über Nacht war der Herbst gekommen. Beim Joggen hatte sie die Kälte noch nicht so sehr gespürt. Sie vermisste ihre Handschuhe.

An den Kleingärten vorbei, preschte sie den Weg entlang. Ein Fahrrad verfolgte sie, die Reifen zermalmten den Kies. Roja radelte stur bis zur Straße, drehte sich nicht um. Die Straße war frei, sie fuhr darüber, bremste. Der Lenker fegte herum, verkeilte sich, der Vorderreifen rutschte weg und sie glitt wie in Zeitlupe auf den Asphalt. Der schwarze Arztkoffer hinterher. Noch im Sturz sah sie eine kurzhaarige Frau auf sich zukommen. Dann lag sie auf der feuchten Straße, spürte keine Schmerzen.

»Alles in Ordnung«, sagte sie zu der Frau. »Nichts passiert.« Roja klopfte sich ab und prüfte ihren Mantel. Er war unbeschadet, der Sturz hatte keine Flecken hinterlassen. Hastig klemmte sie ihren Koffer wieder auf den Gepäckträger, schob das Fahrrad zu den Ständern. Ein grobschlächtiger, langhaariger Mann mit Käppi huschte hinter ihr vorbei, verschwand auf der anderen Seite des wuchtigen Bahnhofgebäudes. Als sie den Bahnhof erreichte, war nichts mehr von ihm zu sehen.

»Du musst auch mal an uns denken«, hatte Erbil geschimpft. »Ständig hilfst du anderen. Aber wann denkst du an mich? Montag: Elternbeiratssitzung. Dienstag: Notdienst. Mittwoch: EMS-Fitness. Donnerstag: Treffen der Flüchtlingshilfe. Freitag: Auffing ist bunt. Samstag: Theater oder sonst irgendein Quark.« Schwarze Wolken zogen über den Himmel, schluckten nach und nach die Sonnenstrahlen, die sich die letzten Stunden mühsam durch die Wolken gedrängt hatten.

Vielleicht konnte sie Frau Huber heute dazu überreden, ins Frauenhaus zu gehen. Beim letzten Mal hatte er ihr den Arm gebrochen. Wer weiß, was er ihr heute angetan hatte.

Um sich zu sammeln, entschied sie, erst einmal einen Espresso beim Bahnhofsbäcker zu trinken. Sie sperrte ihr Rad ab und ging in den Bahnhof, der gerade renoviert wurde. Ihr Handy vibrierte. Sie hatte den Klingelton ausgestellt, um bei Frau Huber nicht gestört zu werden.

»Erbil«, stand auf dem Display.

»Hast du die Krankenkassenkarte von Esther noch?«, fragte er, ohne »Hallo« oder »Wie geht's?« zu sagen.

»Warum? Willst du zum Arzt mit ihr?«

»Sie will.«

»Was hat sie denn?«

»Sie ist heiß.«

Kurz überlegte Roja, ob sie zurückfahren sollte. Aber dann kam sie zu dem Entschluss, dass ihre dreijährige Tochter damit zeigte, dass sie ihre Mutter, die Frau Doktor, sehen wollte.

»Frau Huber wartet schon auf mich«, sagte sie und log, »ich bin gleich da.« Worauf Erbil grußlos auflegte.

Sie kippte den Espresso hinunter und verzog angewidert das Gesicht.

6. September 2015

Markus Keilhofer

»Grüß Gott, Frau Doktor. Einen schönen Tag wollt ich Ihnen wünschen.«

»Was willst Du?«

Willst mir deine Hand ned geben, weils sichs ned ghört?

»Schnackselt der Fabio eigentlich so viel besser wie dein beschnittener Ziegenhirt?«

Sie schnaubt wie ein Pferdl, dreht sich um und geht.

»Auf Wiederschaun«, sagt Keilhofer.

Dann geht er zur letzten Telefonzelle in Auffing.

6. September 2015

Ayyub Zlatar

Er sah Maria durch die Tür. Wie sie einem Mann den Nacken rasierte. Ein übergroßes Muttermal leuchtete unter seinem Haaransatz. Ayyub kannte diesen Mann, konnte aber nicht sagen woher. Angeregt unterhielt er sich mit Maria, schien ihr Fragen zu stellen. Ayyub nahm die Klinke in die Hand. *Ich muss mit Maria reden. Muss ihr alles erzählen.*

Er drückte die Klinke nach unten. Hielt den Blumenstrauß schützend vor sich.

»Ahh«, stieß Maria erstaunt aus. »Mein Charmeur ist da.«

Ayyub drückte Maria den Blumenstrauß in die Hand und einen Kuss auf die Wange. Den Mann im Stuhl versuchte er zu ignorieren.

»Bis später«, flüsterte sie ihm ins Ohr.

»Bis später«, antwortete er und sah kurz in den Spiegel. In die Augen des Mannes, in denen etwas aufblitzte.

Im Wohnzimmer legte er den Brief der Ärztin auf den Tisch. Daneben die blaue Schatulle. Die Glaubensschwester hatte ihn verstanden. Die Tür ging auf und Maria kam herein.

»Na, mein Glücksritter«, sagte Maria und legte die Arme um seine Schultern.

»Schon fertig?«, fragte er.

»Noch ned ganz«, sie grinste ihn verführerisch an.

»Hast du was?«

»Nein, wieso?«

»Weil du so ernst schaust.«

»Alles gut.«

Sie kitzelte ihn in der Seite. »Die Vroni ist richtig eifersüchtig auf mich.«

»Die Vroni?«

»Jetzt wirst wirklich alt. Meine Arbeitskollegin, der du am Freitag genau wie mir die Nelken geschenkt hast.«

Ayyub zuckte mit den Schultern.

»Eigentlich hätte ja ich einen Grund, eifersüchtig zu sein.«

»Warum?«

»Weil du mir die Blumen schenken sollst.«

»Hab ich ja.«

»Weißt, dass die Leute über dich reden.«

Ayyub setzte sich auf den Brief, der auf dem Tisch lag und grummelte: »Mmhh.«

»Dass du ausschaust wie ein Schauspieler, weil du immer so fesch angezogen bist. Und mit dir braucht man sich vor nix zu fürchen, weil sogar ein Gorilla vor dir Angst hätt.«

»Ich würde auch unsere Kinder beschützen«, sagte Ayyub.

»Der Kunde hat mir gerade erzählt, dass er neulich im Zug gefahren ist und dann ist einer drin gesessen, der laut herumgeschrien hat: ›Und ich entscheide, wann Endstation ist.‹ Total irre, oder? Was ist denn das für ein Kästchen?«

Ayyub zuckte mit den Schultern. Sie nahm das blaue, mit Samt umhüllte Kästchen, öffnete es und kreischte laut los. »Ein Hochzeitsring!« Dann fiel sie ihm um den Hals. Sah ihm tief in die Augen. »Laden wir zur Hochzeit auch den Stefan Raab ein? Damit ich den endlich mal persönlich kennenlern?«

»Mal schauen«, sagte Ayyub. »Ich frag ihn, wenn ich das nächste Mal in Köln auf Montage bin. Aber nur, wenn wir endlich ...«

»Jetzt wird er ja Zeit haben, wo er nicht mehr vor der Kamera steht«, unterbrach ihn Maria und schluckte. »Müssen wir dann in der Moschee heiraten?«

Es läutete. Maria ging zur Tür. Ayyub hörte es tuscheln. Vorsichtig linste er durch den Türspalt. Der Mann, dem sie gerade die Haare geschnitten hatte, stand im Türrahmen. Zischte Fragen an Maria. Maria antwortete leise. Das einzige Wort, das Ayyub verstand, war: »Ayyub.«

Er ging zum Käfig mit dem Hamsterrad und zog eine Maus an ihrem Schwanz heraus. Mit ihr ging er zu Uho hinüber, öffnete seine Käfigtür und warf die Maus hinein. Wo sie gegen das Gitter prallte. Dann nahm er Papier und einen Briefumschlag aus dem Sekretär. Vielleicht reagierte Onkel Mirsad auf die Einladung zur Hochzeit. In der Moschee.

Montag, 7. März 2016

Roja schreckt hoch. Ein Hund jault auf der Straße, hört sich an wie ein Wolf. Ein Kälteschauer jagt über ihre Haut. Der Notarzt hat ihr gegen ihren Willen Valium gespritzt. Wodurch sie immerhin die Schmerzen in ihrem Mund nicht spürt. Denn zu der geschwollenen Zunge waren auch noch Bläschen hinzugekommen. Die wunden Stellen liegen wie Krater in ihrer Lippe, im Rachen, im Gaumen. Herpes. Unter dem Einfluss der Medikation ist sie immer wieder weggedämmert. Bilder, durchsiebt von Schüssen. Blutverschmiert. Blutstropfen im Schnee. Auf dem Boden. Der Treppe. Dem Geländer. Schreie. Die gezischte Aufforderung: »Verschwindens!« Flehende Hilferufe über Funk, die Ayyub abgibt.

Roja schreckt hoch und greift nach dem Smartphone:

Münchner Merkur
Heimatzeitung

Kritik an den Behörden

Könnten die Polizisten noch leben?

Ein hochrangiger, nicht namentlich genannter Polizeibeamter kritisierte der Heimatzeitung gegenüber das Vorgehen der Ämter scharf: Er sei entsetzt, »wie der Fall … gelaufen ist bzw. laufen gelassen wurde«. Und spricht vom »Scheiß Amtsschimmel«.

Aus dem Landratsamt verlautete dagegen, dass bereits am 2. März die Angelegenheit mit den »beiden« Polizeibeamten besprochen worden sei. Sie wurden wiederholt darauf hingewiesen, dass nicht abzusehen wäre, wie der spätere Attentäter reagieren würde, und dass deshalb größte Vorsicht geboten sei.

Das jüngste Opfer soll sich am Tag vor seinem Tod mit seiner Schwester über die Hausdurchsuchung unterhalten haben. »Man kann nie wissen. Am liebsten würde ich zu diesem Einsatz eine kugelsichere Weste anziehen.«

In Auffing indes zeigen Demonstranten Mitgefühl mit den Angehörigen der ermordeten Polizisten. Laut Polizeiangaben trafen sich 500 Personen vor der Polizeiwache in Auffing, dem Ort des Attentats. Sie protestierten gegen islamistischen Terror und forderten die Abschaltung der lebenserhaltenden Maßnahmen des Attentäters Ayyub Zlatar. Angemeldet wurde die Mahnwache vom Bündnis gegen Islamismus.

Ayyub Zlatar

Endlich keine Verfolger mehr.

7. März 2016

Markus Keilhofer

Daheim im Gang:
Die Karten vom Vater aus Mazedonien auf den Schuhschrank gelegt.
»Grüß Gott, Schwester.«
Die schaut ja fuchtig. Es stinkt, als hätt Großmutter schon wieder ... Aber vielleicht hat die Schwester auch nur den künstlichen Darmausgang ausgeleert.
»So geht das nicht weiter, mit Ihren Großeltern. Ihr Großvater ist den Monat schon zum zweiten Mal aus dem Bett gefallen, und die Großmutter hat schon wieder ihren Anus praeter runtergerissen. Schaun Sie sich mal die Sauerei an.«
Er geht ins Schlafzimmer. Das Bettgitter von der Großmutter ist verdreckt und voll braunem Schlatz. Er macht erst einmal die Fenster auf. Großvater sitzt am Bettrand und hält sich eine Kompresse auf den Unterarm, die schon total durchgesaut ist. Schon wieder ist seine Pergamenthaut aufgerissen. Der Aluhut liegt total zerbeult am Boden vor ihm.

»Ihre Großeltern müssen in ein Heim.«
»Fällt aus.«
»Dann müssen Sie sich besser um sie kümmern.«
»Ich muss auch arbeiten.«
»So geht das nicht weiter. Noch einmal, wenn was passiert...«

Er setzt sich auf den Klostuhl mit Deckel. Der knarzt. Die Schwester schlagt die Tür zu.

Im Kinderzimmer:
Das Packerl mit dem Pulver raus. Ein bisserl was auf den Spiegel. Mit der Karten klein gemacht. Den Schein zusammengerollt. Rein in die Nasen. Ahhh. Da macht sogar das Putzen Freud. Und später kriegt die Arschhochbeterin ein Geschenk von mir, höchstpersönlich.

6. September 2015

Roja Özen

An der roten Ampel rauschte der Verkehr vorbei. Roja drehte sich um. Keilhofer war verschwunden, was hatte er bloß von ihr gewollt? Frau Huber hatte nicht geöffnet. Wäre sie doch zu Hause geblieben. Sie umklammerte die Fahrradgriffe, versuchte, sich mit den Gedanken an das abzulenken, was sie zu tun hatte, ging ihre To-do-Liste durch: Traudel wegen der Elternbeiratssitzung im Kindergarten anrufen. Mit der Steuer beginnen.

Das Blaulicht sah sie, bevor sie in die Spielstraße einbog, die zu ihrem Haus führte. Einsatzwagen der Polizei, Feuerwehr und Krankenwagen standen quer über der Straße. Keine zweihundert Meter vor ihrem Haus. Hinter den Polizeibussen setzten sich die Beamten des Sondereinsatzkommandos Helme auf, zogen schusssichere Westen an. Schnallten sich Maschinenpistolen um. Ihre Gesichter waren wegen der Sturmhauben nicht zu erkennen. Mit einem rot-weißen Band war die Straße und damit der Zugang zu ihrem Haus großflächig abgesperrt worden. Roja hetzte auf das Absperrband zu. Ein Streifenpolizist stoppte sie.

»Ich muss hier durch.«

»Geht jetzt nicht. Polizeieinsatz.«

»Aber ich wohne in dem Haus.« Roja deutete auf das Haus, vor dem der SUV stand. »Ich muss zu meiner Tochter, sie ist krank.«

»Haben Sie einen Ausweis?«

Mit fahrigen Bewegungen kramte sie in ihrer Handtasche, zog ihren Geldbeutel und den Ausweis heraus. Hielt ihn dem Polizisten mit zitternden Händen entgegen. Er las, sagte: »Warten Sie bitte einen Moment«, drehte sich um und ging. Roja spürte, wie der Druck in ihrer Brust immer größer wurde. Zwei vermummte SEK-Beamte gingen hinter der Absperrung vorbei, einen Rammbock in der Hand. Ein Dutzend schwerbewaffnete Beamte folgte ihnen. Näherte sich Rojas Haus. Der Druck in ihrer Brust wurde größer, die Luft knapper. Der Streifenpolizist kam mit ihrem Ausweis in der Hand zurück. Eskortiert von einer Notärztin, Sanitätern und einer Frau in Zivil.

»Frau Özen?«, fragte sie.

Roja nickte, spürte, wie ihre Knie zu zittern begannen.

»Bitte kommen Sie mit.«

Die Frau in Zivil hob das Absperrband hoch. Roja zögerte, bückte sich und schlüpfte darunter durch. Den beiden Frauen folgte sie bis zum Krankenwagen.

»Frau Özen, die Polizei hat einen Anruf von Ihrem Mann erhalten.«

Roja konnte den Blick nicht von ihrem Haus abwenden. Das SEK näherte sich der Eingangstür.

»Meinem Mann?«

»Er hat damit gedroht, Sie und Ihre Tochter umzubringen.«

Rojas Atem begann zu pfeifen, die Welt verschwamm vor ihren Augen: Esther!

»Wir stürmen jetzt Ihr Haus.«

6. September 2015

Ayyub Zlatar

Die alten Stufen ächzten unter seinen schnellen Schritten. Sein Atem jagte, als er die Eingangstür erreicht hatte. Er brauchte drei Versuche, um den Schlüssel ins Schloss zu bekommen. Von innen drehte er ihn mehrfach um, bis er anstieß, und ließ ihn stecken. Ein unsichtbares Gewicht hing an seinen Pulsadern, sog ihm die letzte noch verbliebene Kraft aus seinem Körper. Der Uho glotzte ihn aus seinen großen, durchdringenden Augen an. Ayyub flüchtete vor ihnen ins Schlafzimmer. Zog die olivenfarbige Metallkiste hervor und klappte sie auf. Durch das gekippte Fenster hörte er Stimmen. Der Druck in seinem Bauch würde größer. »Da ist er rein«, sagte der Agent mit dem Muttermal im Genick, der bei Maria zum Haareschneiden gewesen war. »Und zugschaut hat er, wie's sein Vater in Jugoslawien drunten erschossen habn.«

Ayyub hielt sich die Ohren zu.

Hatte Maria dem Agenten also nicht alles erzählt? Er sprang auf, drückte sich an die Wand und schloss das Fenster. So, dass man ihn von außen nicht sehen konnte. Er kippte das Fenster langsam zu, damit es nicht auffiel. Duckte sich und robbte zurück zur Kiste. Holte Revolver und Magnum hervor. Zog das Magazin aus der Magnum.

Drückte Patrone für Patrone hinein. Dann das ganze Magazin. Beim Revolver klappte er die Trommel auf und schob die sechs Patronen hinein. In jede Hand nahm er eine Waffe, versuchte nicht daran zu denken, dass an seiner linken der kleine Finger fehlte. Robbte ins Wohnzimmer. Hinter die Couch. Und schob sich an der Wand nach oben.

»Der ist ein Terrorist«, sagte der Agent. Ayyub überlegte, ob er die Magnum aus der Hand legen sollte. »Ich ruf jetzt die Polizei.«

Ayyub schob die Waffe in den Hosenbund. Mit der freien Hand schloss er vorsichtig das zweite Fenster, das zur Straße hinausging. Griff nach dem Gurt der Jalousien. *Dann wissen sie, dass ich da bin. Aber das wissen sie eh. Aber dann wissen sie, dass ich Angst habe. Ich habe aber keine Angst.*

Er schlich zum Couchtisch. Holte sich eine Zigarette aus der Packung. Zündete sie an. Inhalierte tief. Der Raum füllte sich mit Rauch. Er hörte die Stimme nur noch undeutlich. Wortfetzen: »Vater. Terrorist.«

Ayyub packte die Fernbedienung. Schaltete den Fernseher an. Die Magnum baumelte an seinem Zeigefinger. Den Revolver hielt er fest umklammert. Ein Acker flimmerte über den Bildschirm. Auf dem er mit seinem Freund Mlatko Steine gesammelt und daraus eine Mauer gebaut hatte. Er zog an der Zigarette. Ohne die Waffen aus der Hand zu legen. Das Ziehen in den Unterarmen, der Druck im Bauch wurde stärker. Er schaltete um. Wölfe und Bären wanderten durch Wälder. Der Krieg hatte sie alle vertrieben. Er schaltete um. Ohne die Waffen aus der Hand zu legen. Frauen standen mit Kopftüchern, mit Kindern auf den Armen, in einer Reihe und warteten. Neben sich Tüten und karierte Taschen, Koffer und Rucksäcke. Ein Soldat bewachte sie mit seinem Maschinengewehr. Telefonierte mit seinem

Handy. Ayyub sah das Abzeichen: rot-blau-weiß, die zwei Adler in der Krone. Die serbische Fahne. Der Soldat drehte sich um. Schnitt mit der Hand über seinen Hals und sagte: »Balija.« Ayyub hob den Colt. Zog den Kolben zurück. Zielte mit zusammengekniffenen Augen. Sah aus dem Fenster. Auf dem Parkplatz hatte sich ein Polizeibus postiert. Beamte mit Maschinenpistolen stiegen aus. Es läutete an der Tür. Ayyub schlich zur Tür. Polizeisirenen heulten. Bummbumm. Bummbumm. Bummbumm. Er legte sein Ohr an das Holz, konnte aufgrund der lauten Sirenen nichts hören. Widerwillig schob er die Magnum über seinen Steiß in den Hosenbund. Den Revolver nahm er in die rechte Hand. Bumm. Bumm. Bumm. Über dem Haus kreiste ein Hubschrauber. Ratatatata. Da klingelte es erneut. Rring! Ayyub zuckte zusammen. Er legte die linke Hand auf die Türklinke. Zählte leise »21, 22«. Umfasste den Revolver fest mit der rechten Hand. »23, 24.« Polizeisirenen. Drückte die Klinke nach unten. Atmete tief ein. »25, 26.« Und riss die Tür auf.

»Huch! Haben Sie mich erschreckt«, sagte Frau Baran, seine türkische Vermieterin, und hielt sich eine Hand vor die Brust. Ayyub versteckte den Revolver hinter der Tür. In der anderen Hand hielt sie einen Teller. »Habe Baklava gebacken. Von Hochzeit meiner Tochter Gamze.« Sie hielt ihm den Teller entgegen, »für dich«, und strich über die geblümte Hausfrauenschürze. Wieder tönten Sirenen.

»Was schaust du so?«, fragte sie und drehte sich um. »Sirenen, irgendwas ist passiert. Ich muss. Danke.« Er schloss die Tür, geschwind, aber leise. Drehte den Schlüssel mehrfach herum. Zog die Magnum aus seiner Hose. Schlich geduckt ans Fenster. Schob den Vorhang beiseite. Der Polizeibus und die schwerbewaffneten Polizisten waren verschwunden. Sie sammelten sich woanders, um dann vereint zuzuschlagen. Wie viele es wohl waren? Ohne Waffen war er ihnen ausgeliefert. Mit Waffen konnten sie ihn verhaften. Einsperren. Auf ihn schießen. Schusswaffengebrauch. Auslöschen. Unschädlich machen. Er zog die Tischdecke herunter, dass der Kerzenständer auf den Boden knallte. Warf sie über den Käfig des Uhos. Zündete sich eine Zigarette an. Inhalierte den Rauch mit einem lauten Zischen. Ging ins Schlafzimmer. Zog die Kiste unter dem Bett hervor. Legte die geladenen Waffen hinein. Ohne die Magazine zu leeren. Klappte sie zu und verschloss sie. Eine Kreuzspinne krabbelte über die Metallkiste. Er schnappte sie mit der hohlen Hand, legte die andere darauf und ging ins Bad. Dort ließ er sie frei, kämmte sich vor dem Spiegel und verließ die Wohnung. Im Treppenhaus berührte er noch einmal das Schwert um seinen Hals.

An der Straße achtete er besonders auf heranrasende Autos. Aber die war ungewöhnlich leer für diese Uhrzeit. Der Hubschrauber kreiste wieder über ihm. Ratatatata. Sirenen jaulten auf. Ayyub stürzte zu seinem Auto. Ein Polizeibus mit getönten Scheiben raste vorbei. Auf dem Parkplatz ein Mann im Auto. Der Mann mit dem Muttermal im Nacken. Ayyub startete den Wagen. Verlor keine Zeit, um den steinumrandeten Parkplatz durch die Ausfahrt zu verlassen. Holperte über den Gehweg hinterher. Übersah das Auto, das von links kam, wütend hupte. Er schoss durch das Stadttor. Ein Bulldog stoppte. Obwohl er der schwarze Pfeil war. Vorfahrt hatte. Ayyub der rote Pfeil war. Hätte warten müssen. Dann bog er rechts ab und jagte dem Bus mit dem Blaulicht hinterher. Die Tankstelle ließ er links liegen. Bog in das Wohnviertel ein. In eine Spielstraße. Und dort standen sie: Ein Streifenwagen neben dem anderen. Sogar die Krankenwagen standen schon bereit. Ayyub zählte fünf Streifenwagen, vier Busse. Mindestens ein Dutzend schwerbewaffnete Beamte der Spezialeinheit. Noch bevor er wenden konnte, hatten sie ihn entdeckt. Der Polizist hob die Waffe mit dem Schalldämpfer, zielte und schoss.

6. September 2015

Markus Keilhofer

Im Wohnzimmer:
Der Arschhochbeterin wird das Herz in die Hosen grutscht sein, wie's ghört hat, dass der Kameltreiber ihre Brut auslöschen will. Wenn ers nur gmacht hätt.

In der Küch:
Ab einem gewissen Alter solls keine Beschränkungen mehr geben, sagt der Ernst. Weil wer dem Grenzenlosen näher kommt, für den müssen die Grenzen weit gsteckt sein. Also fünf Löffel Beifuß in den Mörser. Zwei Löffel Petersilie. Ein Teil Katzenminze. Ein Teil Knabenkraut. Drei Tropfen Jasminöl. Eine Prise Baldrianwurzel. Mal schauen, ob ihm der Ernst keinen Schmarrn verzählt hat. Zerquetschen. Mit der Creme vermischen. Und fertig ist die Flugsalbe.

Im Schlafzimmer:
liegen Großvater und Großmutter. Er reibt ihnen die Schläfen und das Dritte Aug ein. »Guten Flug.«

Dienstag, 8. März 2016

»Verdammt nochmal! Sprich doch endlich mit mir, Khoschauist. Was habe ich dir nur getan?«

Erbil sieht sie aus schwarz umrandeten Augen an. Ihr Gesicht spiegelt sich in den Tränen. Aber Roja liegt einfach nur da. Das Handy auf der Brust, wie die letzten Tage. Sie reagiert nicht, kann nicht sprechen. Die Bilder auf der Polizeiwache lähmen ihre Zunge. Sie dreht sich zur Seite.

»Was soll ich denn noch tun? Soll ich deine Eltern anrufen? Oder Traudel?«

Könnten die Polizisten noch leben?, denkt Roja. Sie dreht sich zu ihm herum und sieht ihm in die Augen. Traudel arbeitet beim Landratsamt in Erding. Erbil atmet tief durch. Verlässt das Zimmer und hastet die Treppe hinunter. Schnelle Schritte, als würde er rennen. Dann hört sie ihn telefonieren.

»Rojbas, hier ist Erbil.« Warum ruft er bei meinen Eltern an? »Könnt Ihr bitte kommen«, spricht er auf die Mailbox. »Roja möchte am Telefon nicht darüber sprechen.« Roja hört, wie er die Tränen und seine Lüge hinunterschluckt.

»Hallo Traudel, ja, Erbil hier. Wie geht's? Ja. Du ..., könntest du heute vorbeikommen? Ich glaube, Roja würde dich gerne sehen. Ja, danke, ciao.«

Dann wieder Erbils Schritte. Tee. Toastbrot. Joghurt. »Traudel kommt. Ich muss jetzt.«

Roja nimmt die Zeitung zur Hand, hört, wie sich hinter Erbil die Tür schließt.

Abendzeitung

Trauerfeier für die toten Polizisten am Mittwoch in Auffing

München / Auffing – Am Mittwoch, um 10.00 Uhr, wird in der Turnhalle der Grund- und Hauptschule Auffing (Landkreis Erding) eine Trauerfeier für die Opfer des dreifachen Polizistenmordes vom vergangenen Freitag stattfinden. Danach halten der Auffinger Pfarrer, der Weihbischof und der Beauftragte der Polizeiseelsorge im Erzbistum München und

Freising in der Auffinger Pfarrkirche Maria gemeinsam ein Requiem (13.30 Uhr) für die erschossenen Beamten.

»Ich werde auch teilnehmen«, sagt Roja laut. Sie erschrickt über ihre Stimme, die sie zuletzt in der Polizeiwache gehört hat, und löffelt den Joghurt leer. Er kühlt ihre Zunge, ihren Mund. Sie spült mit einem Schluck Tee nach. Dann wuchtet sie sich aus dem Bett. Blitze tanzen vor ihren Augen. Immerhin hat sie es geschafft aufzustehen. Das erste Mal seit dem Attentat. Auch wenn sie noch wacklig auf den Beinen ist. Wenn Traudel später kommt, muss sie fit sein.

Der Bademantel ist kalt, sie zieht sich zwei Paar dicke Socken an und schlüpft in ihre Hausschuhe. Schwerfällig schleppt sie sich die Treppe hinunter. Setzt sich auf den Barhocker vor die Kaffeemaschine. Heute reicht ein Espresso nicht aus, heute muss es Kaffee sein. Sie drückt den Knopf und die Maschine setzt sich ratternd in Bewegung. Zermalmt lautstark die Kaffeebohnen, dass es Roja in den Ohren tönt und der Kopf noch mehr schmerzt. Also greift sie nach den Kopfschmerztabletten. Weil sich das Glas zu langsam mit Wasser füllt, lösen sich die Tabletten zu früh in ihrem Mund auf: bitter. Die Säure ätzt in den Bläschen. Hastig kippt sie Wasser hinterher, das viel zu kalt ist.

Der Weg die Treppe hinauf ins Bad fühlt sich an wie eine Bergtour auf einen Dreitausender. Im Sitzen putzt sie sich mit zittrigen Händen die Zähne. Dann stellt sie den Hocker in die Dusche. Zieht sich aus. Duscht: »Bismillahi-r-rahmani-r-rahim«. Nachdem sie sich abgetrocknet, geföhnt und angezogen hat, schlurft sie in den Gebetsraum. Wo sie unmittelbar nach dem Gebet einschläft.

Die Türglocke weckt sie, und sie hangelt sich am Treppengeländer nach unten. Traudel steht vor der Tür. Auf der anderen Straßenseite: Markus Keilhofer. Roja zieht Traudel herein. Aber Traudel deutet auf den Briefkasten: »Hast du das schon gesehen?« Roja versteht zuerst nicht. Dann sieht sie den Aufkleber. Und wundert sich, warum jemand einen »Gib Drogen keine Chance«-Aufkleber an ihren Briefkasten gepappt hat. Sie sieht genauer hin. Anstelle von »Drogen« ist »Islam« eingefügt worden. »Gib Islam keine Chance.« Wütend kratzt sie mit ihrem Fingernagel über den Rand des Aufklebers. Sie zuckt zurück, obwohl der Schmerz etwas Vertrautes hat. Blut sickert aus der Wunde, tropft in den weißen Schnee. Sie sucht die Taschen mit der linken Hand nach einem Tuch ab. Nimmt den Finger in den Mund, der sich langsam mit der warmen, nach Eisen schmeckenden Flüssigkeit füllt. Ihr wird übel. Sie spuckt das Blut in den Schnee.

»Roja!« Traudel reicht ihr ein Taschentuch. Rojas Füße geben nach. Sie lässt das Taschentuch fallen. Traudel stützt und begleitet sie bis zur Couch.

»Wahrscheinlich haben sie dich damit gar nicht gemeint«, sagt Traudel, nimmt ihre hellblaue Bommelmütze ab und schnauft lautstark aus. »Heute ist eine Morddrohung bei uns eingegangen. Und weißt warum?« Roja legte sich hin. Traudel deckt sie zu. »Weil sie denken, wir wären schuld an den Polizistenmorden. Hätten wir ihm den Waffenschein ausgehändigt, dann hätte er die Polizisten nicht ermordet, meinens. So ein Schmarrn, oder?« Traudel schlägt sich gegen die Stirn.

Traudel kratzt einen nicht vorhandenen Fleck von der Couch. »Warst du wirklich auf der Wache?«

»Warum?«

Traudel überlegt ein bisschen zu lange. »Weils mich halt interessiert.«

»Ja, wegen meines Unfalls.« Roja richtet sich wieder auf und fragt: »Haben dem Amokläufer zwei oder vier Polizisten die Waffen abgenommen? Landrat und Staatsanwalt sagen was anderes als der Erdinger Polizeipressesprecher.«

Traudel schaut auf die Uhr. »Ich muss jetzt. Meine Mittagspause ist vorbei. Aber ich finde das raus für dich, meine Liebe.« Sie küsst Roja auf die Wange. »Kann ich sonst noch irgendwas für dich tun?«

Roja schüttelt den Kopf. »Danke.« Sie steht auf und nimmt Traudel in den Arm. Die verabschiedet sich mit zwei Küssen auf die Wange. Kopfschüttelnd geht sie zur Tür. »Dass du überlebt hast. Kaum zu glauben.«

Roja folgt ihr bis vor die Tür. Ohne auf den Boden zu sehen, bückt sich Roja nach dem Taschentuch, das sie zuvor hat fallen lassen. Es ist verschwunden. Wie Keilhofer.

8. März 2016

Markus Keilhofer

Ein Drittel Heizöl. Zwei Drittel Benzin. Gschwind, den Lappen in die Flaschen. Das Zündhölzl angerissen. Vielleicht hab ich Glück und es erwischt sogar einen von den Bombenlegern. Anzünden. Ausholen. Schmeißen. Wegrennen. Feuer und Blut. Der Krieg wirds mir bringen: das Große, Starke, Feierliche.

8. März 2016

Roja Özen

Die Fensterscheibe klirrt, eine Flasche fliegt herein, zerbricht auf dem Boden, spuckt einen Flammenteppich im Wohnzimmer aus. Esther, die gerade am Wohnzimmertisch sitzt und ihr Abendbrot isst, wird von den Flammen erfasst. Ihr schmerzverzerrtes Gesicht verschwimmt in der Hitze, dem Rot und Gelb des Feuers. Roja schnappt sich die Decke, die auf der Couch liegt, rennt zu ihrer Tochter. Plötzlich steht Keilhofer vor ihr und stellt ihr ein Bein. Sie stürzt, verliert die Decke, die in die Flammen fällt und Feuer fängt. Sie versucht sich von Keilhofer loszureißen, aber er hält ihre Füße so fest, dass sie keine Chance hat, sich auch nur einen Millimeter fortzubewegen. Auf einmal wird ihr brennendes Kind durch ein Blitzlichtgewitter erleuchtet. Roja windet sich am Boden und sieht, dass der Journalist mit einer Kamera im Wohnzimmer steht und ein Bild nach dem anderen von ihrer sterbenden Tochter knipst. Roja schreit laut auf, hört Erbils »Khoschauist«, sieht ihn auf Esther zulaufen mit einem Feuerlöscher in der Hand. Er hebt den Feuerlöscher hoch, läuft an Esther vorbei, drückt auf den schwarzen Griff und hüllt sie ein in eine Wolke weißen Schaums.

Roja schreckt hoch. Sie steht auf, löscht das Licht und schiebt den Vorhang des Schlafzimmerfensters zur Seite. Der Kegel der Straßenlaterne beleuchtet den Gehsteig gegenüber. Seit Tagen ist sie nicht mehr draußen gewesen. Sie schlüpft in ihren schwarzen Trainingsanzug, bindet sich ein Tuch in der gleichen Farbe um. Erbil hört sie bereits schnarchen, als sie auf den Gang tritt. Ohne einen Blick ins Kinderzimmer zu werfen, wie sie es ansonsten tut, wenn er bei Esther eingeschlafen ist, huscht sie über die Wendeltreppe nach unten. Sie schafft es erst beim zweiten Versuch, die Schnürsenkel ihrer Joggingschuhe zuzubinden. Das Handy lässt sie zum Pfefferspray in die dicke Winterjacke gleiten.

Um kurz nach Mitternacht schleicht sie über die hölzerne Brücke, unter der der Schinderbach dahinplätschert. Auf dem Volksfestplatz hört sie lediglich den matschigen Schnee unter ihren Sohlen. Sie hört Schritte, dreht sich nicht um. An der Kreuzung rast ein Streifenwagen mit Blaulicht, ohne Sirene vorbei. Rojas Knie schlottern, sie hält sich an der rauen Mauer des Getränkemarktes fest. Ihr Herz klopft so stark, dass sie das Gefühl hat, ihr Kopf zittert. Sie hört die Schüsse wieder, sieht Ayyub vor sich, der sie mit seinen geweiteten Pupillen anstarrt. Den angeschossenen Polizisten, der schwerverletzt um Hilfe funkt. Der Druck auf ihrer Brust wird stärker. Sie versucht, sich zu beruhigen, versucht, an etwas Schönes zu denken: Fabios offene grüne Augen. Sie freut sich, ihn beim morgigen Elternabend wiederzusehen. Ihr graut vor den anderen Eltern.

Später fingert sie am Gartentor den Schlüssel ins Schloss, ist froh, als es sich hinter ihr schließt. Sie öffnet die Haustür und dreht sich noch einmal um: Keilhofer. Mit seiner schwarzen Armeemütze. Der Rauch seiner Zigarette malt Fragezeichen. Noch bevor sie etwas zu ihm sagen kann, hört sie Erbils Stimme von innen. »Khoschauist?«

Hastig zieht sie die Tür hinter sich zu. »Wo warst du?«, fragt Erbil und starrt sie aus verschlafenen Augen an.

»Bist du bei Esther eingeschlafen?«, fragt Roja.

»Du solltest dich schonen«, sagt Erbil.

Sie greift nach seiner Hand, spürt die Knochen. Er gähnt.

Sie umfasst seine Hüfte. »Komm, lass uns schlafen gehen« und denkt: Alt bist du geworden, Erbil.

Ayyub Zlatar

Endlich nichts mehr beweisen müssen.

7. September 2015

Roja Özen

»Kein Wunder, dass so was irgendwann passiert«, hatte Erbil gepoltert. »Du hast nur noch Augen für die anderen. Esther und mich gibt es in deiner Welt gar nicht mehr.«

Roja hatte seine Wut nachvollziehen können. Immerhin war er auf die Wache gebracht und stundenlang verhört worden, ob er den Anruf getätigt habe. Erst als Roja es vehement verneint und auf Markus Keilhofer verwiesen hatte, waren die Polizisten von der These abgewichen. Laut Rojas Anwalt hatten sie Keilhofer wohl auch vernommen, konnten ihm aber nichts nachweisen.

Dann hatte das Telefon geläutet, Baba war dran gewesen, hatte natürlich sofort angerufen, als er gehört hatte, was geschehen war: »Du ziehst den Ärger förmlich an«, hatte er gesagt.

»Das sagt der Richtige«, hatte sie gekontert.

»Ich trage aber keine Takke auf dem Kopf. So wie es deine Glaubensbrüder fordern«, hatte er gesagt.

»Du ziehst dir nur wieder heraus, was dir gefällt. Meine Glaubensbrüder bekämpfen übrigens auch die Bourgeoisie am Golf. Das dürfte dir und deinen Genossen doch eigentlich gefallen.«

Die Regentropfen schlugen auf die Scheibe, als Roja auf dem Parkplatz des Studios parkte, graue Wolkenfetzen zogen über den Himmel. Roja sog die kalte Luft tief ein, sie fühlte sich wie ein Fremdkörper in der Lunge an.

Im Treppenhaus begrüßte sie wie immer die junge, verkabelte Frau auf dem Pappschild, die strahlend die Hände gegeneinanderdrückte. Über ihr prangten die Worte »FIT in 20 min«. Im Studio wummerten Roja Hip-Hop-Bässe entgegen, es duftete nach Bergamotte. An der leeren Rezeption vorbei huschte sie in die Umkleide, die glücklicherweise ebenfalls leer war. Sie zog sich aus, fischte ihre eng anliegende schwarze Hose und das langärmelige Oberteil aus dem Spind und schlüpfte hinein. Wie ein beweglicher Panzer legte sich die Trainingskleidung auf ihre Haut. Der es aber nicht schaffte, die gestrigen Bilder von der Erstürmung ihres Hauses abzuhalten. Sie schluckte.

Im Studio wies der Trainer gerade eine verkabelte Frau an, die Hanteln in Skispringerstellung zu bewegen.

»Grüß Gott«, sagte Roja und versuchte zu lächeln. Sie holte sich ihre Weste von der Stange, legte sie auf die Metallbank und sprühte sie ein. Erbil hatte verstört den Kopf geschüttelt, als sie erzählt hatte, sie würde sich eine Weste für 320 Euro kaufen, weil sie es nicht ertrug, im Schweiß der anderen zu trainieren. Desinfektion hin, Desinfektion her. Sie zog die Jacke an, spürte die Feuchtigkeit, die durch die Trainingskleidung drang und zurrte die Gurte mit den Elektroden um Arme, Oberschenkel und Bauch fest. Ohne sich aufzuwärmen, steuerte sie auf das Spinning-Rad zu und schob ihre Karte in den

Computer. Dann schloss sie den Strom an und stellte die Stärke der Stromschläge noch höher als sonst ein. Die Lichter auf der Anzeige neben ihr wanderten mit den nur anfangs bitzelnden Stromschlägen: Schulter, Brust, Beine. Bis sie wehtaten. Sie setzte sich aufs Rad und begann zu treten. Die Waden pumpten sich auf. Die Stromschläge hämmerten auf ihre Muskeln ein. Die rotierenden Blaulichter. Die Polizisten, die mit dem Rammbock die Eingangstür aufbrachen. Mit gezückten Pistolen ihr Haus stürmten. Also machte sie sich ihre Absicht bewusst: »Aktiviere Körper und Geist!« Die Hände wackelten rhythmisch, wie bei einem ihrer Parkinson-Patienten. Sie versuchte, sich auf ihre pulsierenden Muskeln zu konzentrieren. Ohne ihre Tretbewegungen zu unterbrechen, stand sie auf und stützte sich mit den zuckenden Unterarmen auf den Lenker. Pumpte schwer atmend ihren Oberkörper in die Höhe. Nach 120 Liegestützen waren die ersten zehn Minuten geschafft und Roja tropfte der Schweiß von der Stirn. Nach weiteren zehn Minuten schleppte sie sich in die Umkleide. Sie schälte sich aus den klatschnassen Klamotten. *Wie es sich wohl anfühlt, wenn einem die Haut abgezogen wird?* Sie schleuderte den Klamottenklumpen auf den Boden. Hörte, dass auf der Straße ein Bulldog vorbeifuhr, sah lediglich die Rauchfahne, die der Auspuff über dem Fahrerhäuschen ausstieß. Die Polizei hatte ihr wenig Hoffnung gemacht, den Anrufer zu identifizieren. »Der hat seine Identität geschickt verschleiert.«

7. September 2015

Markus Keilhofer

Daheim im Schlafzimmer:
»Nur noch ein Löfferl vom Passierten, Großvater.«
»Was is passiert?«
»Essen sollst. Weil ich dich scho gspritzt hab. Sonst kommst in Unterzucker.«
»Die graue Briah aber ned!« Großvater schiebt den Löffel mit seiner knochigen Hand weg. »Willst mich vergiften, damit du die Wohnung erbst?«
Die Wohnung, die schon lang nimmer uns gehört.
»Da, iss noch ein Apfelschnitz.«
»Hmm. Der is saftig. Wie die Fud von der Vroni.«
Ja, ja. Auf die Schlechtigkeit hast dich nie einglassen.
»Jetzt müssen wir dich noch rasieren, Großvater.«
Er holt das Rasiermesser aus dem Bad. Weil Großvater sich mit was anderem gleich dreimal nicht rasieren lassen würd. Wegen der Strahlen und der schlechten Schwingungen. Er schleifts am Lederbandl.
»Geh weg!«
»Ich will dich doch nur rasiern, Großvater.«
»I bin ned auf der Brennsuppn dahergschwumma. Kameraden! Ein Partisan.«
Großvater haut wie ein Damischer auf ihn ein. Er kann das Rasiermesser grad noch weglegen, bevor was Schlimmeres passiert.
»Von dir lass ich mir mein Zipferl ned abschneidn, du roter Fankerl.«
»Großvater, hör auf!«
Er hält die Arm vom Großvater fest. Der wird voglwuid. Die Pergamenthaut vom Großvater reißt. Großvater plärrt. Er langt fester hin. Die Knöchel hart und weiß. Die Adern dick und blau. Die Arm dürr und kasig.

»Großvater beruhig di, sonst musst ins Heim!«

»Heim ins Reich will i!«

»Du willst es ned anders.« Er schwingt sich aufs Bett, langt nach dem Verband.

»Lass mi aufn Abort. I muass brunzn.«

»Brauchst ned, hast ein Katheter.«

»So ein Bschiss. I bin ned auf der Brennsuppn dahergschwumma.«

Er fesselt erst die eine Hand ans Bett. Dann die andere. Wie er die quietschenden Bettgitter nach oben zieht, schlagen Großvaters Füß noch einmal aus. Erst auf der einen, dann auf der anderen Seiten.

Beim Wirt:

»Servus, Ernst. Charlie, ein Neger und ein Tatar!«

Das Handy klingelt, Keilhofer hebt ab, geht vor die Tür und zündet sich eine Kippen an: »Vater?«

»Bua, du musst mir ein Gfalln tun.«

Mein Leben ist ein einziger Gefalln an dich.

»Sitzt scho wieder in der Boazn?«, fragt der Vater. Keilhofer schweigt.

»Ich halts dahoam ned aus. Ich weiß nimmer, was ich mit den Großeltern machen soll.«

»Tu sie halt ins Heim.»

»Die gehören alle dem Jud. Und ich will ned, dass irgendein Kameltreiber an ihnen rumfuhrwerkt.«

»Jetzt übertreibst scho wieder. Dann hast wenigstens deine Ruh. Kommst raus in die Welt.«

Die Welt hat dich mir gestohlen: Türkei, Bulgarien, Griechenland. Aber ich werds der Welt scho zeign! Keilhofer drückt ihn weg. Schleudert die Kippen in die Nacht und schaut der Glut hinterher.

Sein Glasl mit dem Neger. Der Charlie bringt die Brotzeit. Das Eigelb schwabert im roten Tatar und den Zwiebeln daher. Im Korb das Graubrot.

Keilhofer stemmt das Cola-Weizen. »Prost, Ernst.« Stößt brutal laut an, nimmt einen gescheiten Zug. Schaum über seiner Oberlippen. Paprika, Salz und Pfeffer auf den Tatar. Mit der Gabel verrührt. Und nei damit. Beißt vom Graubrot ab, kaut.

»An Guadn«, sagt der Ernst und trinkt noch einmal von seinem Bier. »Wollt dir dein Alter wieder verzähln, dass Bier ungsund is?«, fragt der glatzerde Ernst.

»Her mir bloß auf mit dem.« Keilhofer schiebt sich die nächste Ladung Tatar rein, beißt noch einmal vom Brot ab.

»So ein Krampf. Mei Bruader hat sein Leben lang nur Milch trunken und hat so früh sterbn müssen.«

»Hab gar ned gwusst, dass du ein Bruder ghabt hast.«
»Du weißt viel ned, Keilhofer.«
»Weiß i scho.«
»Sechs Monat isser wordn. Gott hab ihn selig. Der braucht sich nicht mehr plagn.«

Mittwoch, 9. März 2016

Roja Özen

Roja zwingt sich noch vor Sonnenaufgang aus dem Bett. Erbil schläft nackt neben ihr. Sie schleppt sich ins Bad, ein stechender Schmerz breitet sich über die Lippen und den Gaumen aus: Die Bläschen sind aufgeplatzt.

Sie wartet, bis die Haustür hinter Erbil und Esther ins Schloss fällt. Roja geht ins Schlafzimmer, öffnet den Kleiderschrank und setzt sich aufs Bett. Ihr Blick schweift über ihre Garderobe: Schwarz. Sie legt den Hosenanzug aufs Bett. Die Haustür geht auf und Erbil kommt zurück. Er hat sich für die Trauerfeier extra freigenommen. Hat sogar aufgegeben zu versuchen, sie davon abzuhalten. Sie steht auf, holt ihren schwarzen Rock aus dem Schrank, legt ihn ebenfalls aufs Bett und setzt sich daneben. In Gedanken versunken hört sie nicht, wie Erbil nach oben geschlichen kommt. Er empfiehlt ihr den Rock.

Erst kurz vor zehn gehen sie aus dem Haus. Auf der Fahrt betrachtet sie ihre Augen im Spiegel. Die Augenringe hängen schwer unter dem Make-up. Dafür zaubert das Rouge eine nicht vorhandene Vitalität auf ihre Wangen.

Vor der Schule parken kreuz und quer Autos, Einsatzwagen und Busse der Polizei. Erbil parkt in einer Nebenstraße, von der aus sie nicht weit laufen müssen. Am Eingang empfängt sie der Pfarrer.

»Grüß Gott, Herr Pfarrer«, sagt Roja. Jeder Buchstabe findet nur unter Schmerzen den Weg aus ihrem Mund.

»Grüß Gott, Frau Özen. Schön, dass Sie gekommen sind.«

Er greift herzlich nach ihrer Hand, legt die andere auf ihre Schulter und küsst sie auf die Wangen.

»Herr Özen«, sagt er und reicht Erbil ebenfalls die Hand. Der Pfarrer schaut auf die Uhr. »So, geh ma. Bittschön. Kommens doch mit mir nach vorn.« Er sieht Roja an. »Einen Platz habn ma noch.«

Noch bevor Roja widersprechen kann, drängt sie Erbil mit seiner Hand, zu gehen. Die Hand des Pfarrers weist ihr den Weg.

Sie kennt die Turnhalle, die Basketballkörbe, die Sprossenwände. Hier hat sie Saalausräumen und Brennball gespielt. Heute hat die Halle ihr Gesicht komplett verändert. Das Einzige, was von dem ursprünglichen Aussehen geblieben ist, sind die bunten Striche, Halbkreise und Diagonalen auf dem Boden. Die Menschen drängen sich am Rand der Halle, so viele sind es. Nur der Pfarrer und sie scheinen sich zu bewegen, sogar die verbrauchte Luft steht still. Keiner spricht auch nur ein Wort, während sie durch die Stuhlreihen hindurchstakt, die in Dreierblöcken aufgestellt sind. Sie wagt nicht, zu Erbil zurückzusehen, geht auf die drei aufgebahrten Särge zu, die am Ende der Halle stehen. Bedeckt mit weiß-blauen Rautenfahnen. An den Fußenden Kränze mit Blumen. Neben den Särgen erweisen jeweils drei Polizisten in Uniform ihren getöteten Kollegen die letzte Ehre. Als Roja die hinteren Reihen durchschritten hat, brandet Gemurmel auf, die Leute in den vordersten Reihen drehen sich zu ihr um. Die Blicke treffen sie. »Was will die denn da?«, fragt eine Frau. Roja versucht, aufrecht weiterzugehen, obwohl ihre Knie weich werden, sieht den Trainer aus dem Studio. Sein roter Vollbart hebt sich wie immer von den getönten schwarzen Haaren ab. Roja hebt die Hand, um ihn zu grüßen. Er drückt die schmalen Lippen zusammen und zieht den Knoten seiner schwarzen Krawatte fest. Seine Frau flüstert ihm etwas ins Ohr. Roja drückt den Rücken durch. Dann sieht sie Traudel inmitten der anderen Menschen sitzen, die sie anstarren. Sie trägt einen schwarzen Hosenanzug. Entschlossen hebt Roja die Hand, versucht sich an einem Lächeln. Traudel bindet ihren Pferdeschwanz neu und stiert dabei zu Boden. Mutlos folgt Roja den blau-roten Linien, übertritt sie, versucht, nicht an die Anwesenden zu denken. Lässt sich in den Stuhl in der vierten Reihe sinken, den ihr der Pfarrer freigehalten hat. Ihre Knie weich, ein Zittern breitet sich im ganzen Körper aus. Sie wird wieder zu der kleinen Roja, wie damals, im September 2001, als sie das Kopftuch ihrer Mutter genommen und getragen hat. Auf dem Schulhof, als sie der Junge fragte, ob sie eine Terroristin sei.

Ihre Gedanken werden von den Worten eines Mannes unterbrochen. »Das war das Schlimmste, was ich in meiner beruflichen Laufbahn erlebt hab.« Sie erkennt die Stimme des Journalisten von der Heimatzeitung: »Ich hab gesehen, dass unten an der Polizeiwache ein Polizist mit Pistole umeinandläuft. Das Erste, was ich gemacht hab, ich habe mir meine Fototasche gekrallt, weil das mein Instinkt war und bin dann runtergelaufen und hab auf halber Höhe gesehen, dass da geschossen wird. Ich bin an der Hausmauer, an der Häuserzeile entlanggeschlichen, um da selber nicht zu Schaden zu kommen. Kurz bevor wir an der Station waren, ist offenbar der Schuss auf den Täter gefallen, denn der ist dann umgefallen und selber am Eingang der Polizeiwache gelegen. Zu dem Zeitpunkt waren vielleicht fünf, sechs, sieben Polizisten da. Und es ist gerade ein Krankenwagen hergefahren. Ich bin ja auch Rettungssani. Wie ich gesehen hab, dass da lauter blutende Menschen liegen, am Nachbarhaus ein angeschossener Polizist liegt, hab ich meine Fototasche Fototasche sein lassen und bin als allererstes sofort zu ihm hin. Und das war für mich das eigentlich Schlimme, das war der stellvertretende Inspektionsleiter, ein sehr guter Freund und Nachbar. Ich hab sofort gesehen, dass der sehr schwer verletzt ist. Ich hab also versucht, zusammen mit der Nachbarin die blutenden Wunden irgendwie zu stillen. Aber er war so schwer verletzt. Die letzten Worte, die er an mich richtete, waren: ›Ich schaffs nimmer.‹ Und er ist dann in meinen Händen verstorben...«

Der Innenminister schreitet nach vorne und begrüßt die Anwesenden, die Angehörigen der Opfer, die Kollegen. Die Ermordung der drei Polizeibeamten »hat die bayerische Heimat vom Main bis zu den Alpen in Trauer und Bestürzung gelegt. Jäh und unversehens, in einer scheinbar friedlichen Idylle wurde das Leben von drei Menschen ausgelöscht.« Schüsse, Blut, der schmerzverzerrte Gesichtsausdruck des Polizisten.

»Jäh wurde uns allen bewusst, wie endlich das Dasein des Menschen in dieser Welt ist...« Sie sieht sich hinter dem Schreibtisch kauern. Ihr fällt ein, was sie alles hatte tun wollen, falls Sie es überstehen würde.»... und zugleich, zu welcher Grausamkeit, zu welcher Brutalität, zu welcher Heimtücke unsere Gattung fähig ist.« Der leere Blick Ayyub Zlatars, die dunklen Augen, die wie Brunnen in den Höhlen lagen.

»... auch nach Jahren, Jahrhunderten und Jahrtausenden des Ringens um Verantwortungsbewusstsein und um Gesittung. Unsere Trauer und unsere aufrichtige Anteilnahme gelten in diesen schweren Stunden den Angehörigen und Hinterbliebenen der Opfer.« Roja blickt nach vorne, zur Ehefrau und den Söhnen ihres Lebensretters.

Dann tritt der Weihbischof in seinem weiten schwarzen Umhang nach vorne. Spricht zu den Angehörigen der ermordeten Polizisten. Neben ihm die Polizeimützen der Toten auf den Särgen. »Die Kirche betet für Sie und die Toten.« Die Tochter eines Polizisten schluchzt, ihre Mutter greift nach ihrer Hand. »Sie schließt dabei auch den Täter nicht aus, der vielleicht der Fürbitte besonders bedarf.«

Ein Raunen geht durch die Menge, wie zuvor, als Roja durch die Reihen gegangen ist. Sie bekommt eine Gänsehaut. Roja drängt sich durch die Trauergäste. Nimmt ihren Blick nicht mehr vom Boden. Spürt irgendwann Erbils Hand an ihrem Arm, der sie zum Auto geleitet. Er versucht erst gar nicht, mit ihr zu sprechen. Dreht das Radio an, aus dem »Lieblingsmensch« schallt. Roja dreht es wieder ab.

Zu Hause betet sie. Bricht schluchzend auf dem Teppich zusammen.

Sie legt sich ins Bett, wo ihr Erbil eine Tasse Kamillentee und Linsensuppe hingestellt hat. Beides noch warm. Sie trinkt nur den Tee, der Honig reicht aus, dass der Hunger geht. Dann schaltet sie das Handy an:

Münchner Merkur
Heimatzeitung

Sie war während der Bluttat auf der Wache
Polizisten retteten junge Frau vor dem Massaker!
Morddrohungen auch gegen das Landratsamt

Auffing – Dem Massaker in der Polizeiinspektion Auffing ist eine junge Frau nur knapp entgangen! Wie erst jetzt bekannt wurde, hat sich zum Zeitpunkt des Blutbades auch eine Frau in der Polizeiwache befunden, die gerade zu einem Unfall vernommen wurde. Ihr Leben verdankt die Frau wohl in erster Linie zwei Polizisten. Nachdem die tödlichen Schüsse in der Polizeiwache gefallen waren, feuerte Polizeihauptmeister Josef Stehr auf den Attentäter und hielt so unter Einsatz seines Lebens für seinen Kollegen den Weg frei, damit dieser die Frau in Sicherheit ins Freie bringen konnte. Ihre Identität wurde von der Polizei nicht bekannt gegeben.

Wie gestern ebenfalls bekannt wurde, sind nicht nur die beiden Auffinger Bürgermeister mit Mord bedroht worden, sondern auch das Landratsamt. In einem anonymen Schreiben wird der Behörde die Verantwortung für die Polizistenmorde vorgeworfen, weil das Blutbad hätte verhindert werden können.

Wer zum Teufel?
   Sie holt ihr Smartphone hervor, sucht die Nummer der Witwe des getöteten Polizisten im Telefonbuch, wählt.
»Stehr, Grüß Gott.«

Sie zieht den Hosenanzug über. Erbil ist mit Esther beim Schwimmunterricht in Haag.
   Wieder brüht sie sich einen Kaffee mit viel Milch auf, versucht, einen weichen Marmeladentoast hinunterzuwürgen. Nach zwei Bissen gibt sie auf, die Schmerzen sind einfach zu groß. Sie trinkt einen großen Schluck

Kaffee, sieht aus dem Fenster. Vor ihrem Gartentor steht ihre Nachbarin. Umringt von einer Horde Journalisten mit Kameras und Fotoapparaten. Roja verschluckt sich, spuckt den Kaffee aus, die Tasse fällt ihr aus der Hand. Die braune Brühe verteilt sich über die weißen Fliesen. Kurz überlegt sie, sich in ihrem Bett zu verkriechen. Sie wischt den Kaffee von den Fliesen, kehrt die Scherben zusammen.

Ihr Zweitwagen parkt hinter dem Haus, weil vorne wieder einmal alle Parkplätze belegt waren. Sie schlüpft in ihre Halbschuhe. Ihr Handy leuchtet auf, der Akku ist fast leer. Sie muss es im Auto laden. Dann huscht sie durch die Terrassentür. Am Rosenbeet und dem Schmetterlingsbaum vorbei. Es nieselt. Die feinen Regentropfen benetzen ihr Gesicht. Über den Steinzaun hievt sie sich auf die andere Seite. Keilhofer steht am Ende der Straße, raucht. Roja fährt zusammen. Hastet mit großen Schritten über den feuchten Asphalt. Dreht sich erst wieder um, als sie um die nächste Hausecke gebogen ist. Keilhofer ist nicht mehr zu sehen. Dicke Tropfen schießen vom schwarzgrauen Himmel. Sie erreicht den Wagen und wendet sich um, ob ihr Keilhofer gefolgt ist. Reißt die Tür auf, steigt ein und knallt sie wieder zu. Mit zitternden Händen steckt sie das Ladegerät in den Zigarettenanzünder, schließt das Handy an. Und schaut auf die Uhr: 18:55. In fünf Minuten beginnt der Elternabend. Und genau sie, die so viel Wert auf Pünktlichkeit legt, wird zu spät kommen, würde sie noch in der Apotheke vorbeifahren, um sich ein neues Asthmaspray zu holen. Ihre Zunge ist mittlerweile so stark angeschwollen, dass sie bei der kleinsten Bewegung an die Zähne stößt und brennt. Schwer und fremd wie ein totes Stück Fleisch, das nicht zu ihr gehört. Die Lymphknoten explodieren, drücken von unten gegen den Kiefer, ziehen über den Hals, schieben den Kiefer zusammen.

Vor dem Kindergarten, der gleich neben der Grund- und Hauptschule liegt, parkt sie neben Traudels Wagen, auf dem riesigen Parkplatz, auf dem auch die Schulbusse halten. Vronis Auto steht eine Reihe weiter.

Sie steigt aus dem Wagen. Die Welt weich und schwummrig wie ihre Beine. Im Kindergarten ist es so still, dass sie überlegt, ob sie sich im Tag geirrt hat. Sie geht an der Garderobe der Kinder vorbei. Klopft an der Tür. Öffnet. Die Eltern sitzen im Kreis und starren sie an. Sie breitet die Arme zur Begrüßung aus: »Guten Abend.« Die Antwort bleibt aus. Traudel schaut auf die Uhr. Da kein Stuhl mehr frei ist, muss sich Roja erst einmal einen heranholen. Sie beginnt zu schwitzen, als würde der Stuhl mehrere Kilo wiegen. Sie setzt sich, steht aber noch einmal auf, um ihr Handy an die Steckdose anzuschließen. Als sie endlich auf dem Stuhl sitzt, beginnt Traudel. »Nachdem wir die aktuellen, erschütternden Ereignisse...« Der Klingelton von Rojas Handy zerfetzt den Satz. Die Elternrunde stöhnt auf. Roja sieht auf das Handy: Erbil. Sie drückt ihn weg. Stellt den Klingelton leise. Mit hochrotem Kopf entschuldigt sie sich für die Störung und sieht auf die Uhr: 19:20. Sieht, dass Fabio angerufen hat.

Langsam rollt sie in die Straße, in der ihr Reihenhaus steht. Da es immer noch von Journalisten belagert wird, kehrt sie um und parkt eine Straße weiter. Über den Gartenzaun und den Garten mit Teich gelangt sie auf die Terrasse. Erbil sitzt am Esstisch. Esther hat er anscheinend schon ins Bett gebracht. Einerseits findet sie das schade, da sie sich gerne noch in ihrer Anwesenheit verloren, sich aufgeheitert und gekuschelt hätte. Andererseits will sie jetzt nur noch in die Badewanne. Sie klopft an die Tür, Erbil öffnet ihr. Der Fernseher flimmert hinter ihm. Erbil hat eine Flasche Bier in der Hand. Roja geht in die Küche, drückt zwei Schmerztabletten aus der Verpackung und spült sie mit lauwarmem Wasser hinunter.

»Tag fünf nach dem Attentat von Auffing«, sagt die Sprecherin im Fernsehen. »Heute wurden die drei Polizisten begraben und Hintergründe bekannt. Außerdem terrorisierte eine Anruferin die Witwe des ermordeten Hauptkommissars Stehr mit den Worten: ›Hoffentlich erwischt es noch ein paar mehr.‹«

Erbil weist mit dem Kopf zum Fernseher. »Hast du dich nicht gefragt, was die Journalisten vor unserer Tür wollen?«, fragt er. »Gerade, dass sie mich und Esther durchgelassen haben. Sie ist total verstört und hat geweint, als wir endlich hier drin waren.«

Roja setzt sich auf die Couch und sieht in den Fernseher. »Verdammt!« Sie drischt in die Kissen, rennt zur Tür. Erbil packt sie am Arm. »Khoschauist.«

»Mama, bist du wütend auf mich?« Esther steht auf der Treppe. Ihren Kuschelelefanten in der Hand. »Kannst du jetzt wieder sprechen?«

Es klopft. Roja und Erbil sehen sich erschrocken an. Erbil zuckt mit den Schultern. »Die Klingel habe ich abgestellt.«

»Geh du mit Esther nach oben.«

»Du hast mir nichts zu befehlen!«

»Bitte!«

Erbil greift nach Esthers Hand und stampft die Treppe nach oben. »Geht Mama?«

»Nein, mein Schatz. Sie öffnet nur die Tür. Komm, lass uns das Betthupferl anhören.«

Roja wartet, bis sich die Kinderzimmertür geschlossen hat. Dann atmet sie tief durch und reißt die Haustür auf. Zwei Männer stehen vor ihr.

»Guten Tag, Frau Özen…«, sagt der Kleinere, dessen Gesicht mit Sommersprossen übersät ist.

Wie die meisten Deutschen spricht er das »z« wie ein

»z« und nicht wie ein stimmhaftes »s«. »Özen, bitte«, sagt Roja und betont das weiche »z«. Der Mann ignoriert die Bemerkung. »Mein Name ist Hauptkommissar Erwin Spohr und das ist Kommissar Jakob Nasher. Wir sind von der Kriminalpolizei Erding, Abteilung Staatsschutz.« Ein uniformierter Beamter hindert die Reporter daran, den beiden zum Eingang zu folgen.

»Und was wollen Sie von mir?«

»Dürften wir bitte reinkommen?«, fragt Spohr, der ihr immer noch die Hand entgegenhält.

»Natürlich«, sagt Roja, ohne ihm die Hand zu geben. »Möchten Sie Tee?«

»Sehr gerne«, sagen beide gleichzeitig. Sie holt die beiden Edelstahlkannen aus dem Schrank, die sie seit Ewigkeiten nicht mehr benutzt hat.

»Wie kann ich Ihnen helfen?«, fragt sie so ruhig wie möglich. Trotzdem schwingt ein genervter Unterton mit, über den sie sich umgehend ärgert. Sie wirft die Teeblätter in die kleine Kanne und spült sie schwenkend mit Wasser aus. In die große Kanne füllt sie ebenfalls Wasser, stellt die kleine Kanne darauf und dreht die Herdplatte auf die höchste Stufe.

»Frau Özen«, sagt der Rothaarige, der sie mit seinen wehenden Haaren, den geröteten Augen und den braunen Zähnen an den Clown Pennywise in Stephen Kings »ES« erinnert. Er legt eine theatralische Pause ein. Ungeduldig reist sie die Schranktür auf und nimmt die Tassen heraus. Das Wasser in der Kanne blubbert. »Wir hätten lediglich ein paar Fragen an Sie.« Roja nickt. »Möchten Sie Zucker oder Süßstoff?«

»Süßstoff, bitte«, sagt Pennywise, Spohr will Zucker. Roja stellt Gläser, Zucker und Süßstoff auf ein Tablett. Legt Löffel daneben. Kekse sind seit Tagen alle.

»Zu manchen Fragen kennen wir die Antwort eh«, sagt Pennywise und setzt sich wie sein Kollege an den Tisch.

Roja füllt Wasser in den Wasserkocher, hat keine Lust zu warten, bis sich das Wasser in der großen Kanne schonend erhitzt, wie es Brauch ist. »Wenn Sie nichts mit der Sache zu tun haben«, fährt er fort, »werden wir das herausfinden. Wenn doch, werden wir auch das herausfinden.« Der Dampf des kochenden Wassers beschlägt die Fensterscheibe. Roja schenkt das heiße Wasser in die große Kanne, stellt die kleine darauf, trägt sie auf dem Tablett zu den Kriminalbeamten hinüber. Zuerst gießt sie Tee, dann Wasser in die tulpenförmigen Gläser und setzt sich an den Tisch.

Der Größere sieht sie erwartungsvoll durch seine Hornbrille an, seine Lippen trotzig nach vorne geschoben. In seinem Mundwinkel spielt ein Lächeln. »Ein Problem gibt es dabei trotzdem«, sagt Spohr. »Wenn wir später feststellen, dass Sie bei Belanglosigkeiten nicht die ganze Wahrheit gesagt haben, glauben wir Ihnen später auch bei gewichtigen Fragen nicht mehr. Die Hauptsache ist jetzt also«, er lässt einen Würfel Zucker in den Tee fallen, der langsam zu Boden sinkt und sich darin auflöst, »dass Sie uns die ganze Wahrheit sagen.« Er gibt einen weiteren Würfel Zucker in das Glas und rührt um.

»Wir haben bereits weitere Tatverdächtige befragt«, sagt Pennywise. Roja atmet lauter aus, als ihr lieb ist. Er fährt sich durch seine roten Haare. Rojas Löffel schlägt gegen das Teeglas, als sie den Zucker umrührt.

»Was denken Sie«, sagt Pennywise, »warum sitzen wir hier beisammen?«

Roja zuckt mit den Schultern. »Vielleicht möchten Sie herausfinden, was sich auf der Polizeiwache zugetragen hat?«

Spohr zeigt keinerlei Regung. Er trinkt den Tee, wie es ihr Vater tut: Daumen und Zeigefinger am Rand des Glases. Mit dem kleinen Finger am Boden kippt er es und schlürft leise. »Die Leute sagen, Sie seien sehr gläubig.«

Rojas Augenbraue zuckt. »Gehen Sie manchmal zum Beten in die Moschee?«

»Eigentlich nie«, antwortet Roja.

»Warum?«, fragt Pennywise.

»Erstens habe ich viel zu tun. Zweitens weiß ich nicht, ob Frauen dort beten dürfen. Und drittens bete ich lieber alleine.«

»Hat Ihr Vater etwas dagegen?«, hakt Pennywise nach.

»Mein Vater?« Roja nippt am Tee und verbrennt sich die Zunge. »Der hat mit Religion nichts am Hut. Am liebsten wäre ihm, wenn ich mein Kopftuch ablegen würde.«

»Ich jedenfalls kann sehr gut verstehen«, sagt Spohr, »wenn man etwas gegen die Islamisierung in der Türkei unternehmen möchte. Und wenn es das Militär schon nicht schafft...«

Roja weiß nicht, was sie sagen soll, weswegen sie sagt: »Ich weiß nicht«, bevor Spohr sagt: »Und gegen den Krieg, den der Kindermörder Erdoğan derzeit gegen das kurdische Volk führt.«

»Die Situation in der Türkei ist äußerst verfahren«, sagt Roja vorsichtig.

»Daran muss unbedingt etwas geändert werden«, sagt Spohr. Roja nickt.

»Unterstützen Sie den Kampf Ihres Vaters gegen diese Ungerechtigkeit?«, fragt Pennywise.

»Ich bin unpolitisch.«

»Sie haben eine Petition für das Bleiberecht einer Kurdin unterschrieben, die an PKK-Demonstrationen teilgenommen hat«, sagt Pennywise.

Roja macht eine wegwerfende Handbewegung. »Vor fünf Jahren. In einem Anfall von Nostalgie.«

»Wollen Sie gar nicht wissen, um was es geht?«, fragt Spohr.

»Um den Brandanschlag auf die Moschee geht es«,

schaltet sich Pennywise wieder ein. »Dort wurde ›PKK‹ an die Hausmauer gesprüht.«

»Waren Sie gestern Abend zu Hause?«, fragt Spohr.

Roja versucht klar zu denken. Wenn sie die Wahrheit sagt, kommt das einem Geständnis gleich. Wenn sie verneint, kann sie wegen einer Falschaussage belangt werden und macht sich gänzlich unglaubwürdig. Als Beschuldigte muss sie sich nicht selbst belasten. Das hat sie von ihrem Vater gelernt. Vater, verdammt!

»Ich verweigere die Aussage.«

»Und ich empfehle Ihnen, sich einen Anwalt zu nehmen«, sagt Spohr.

»Haben Sie sich kürzlich verletzt?«, fragt Pennywise. Rojas rechte Hand verschwindet unter dem Tisch, die sie sich an der Rasierklinge unter dem Aufkleber geschnitten hat. Noch im selben Moment ärgert sie sich darüber.

»Ich wüsste nicht, was Sie das angeht.«

Pennywise zieht einen Plastikbeutel mit dem blutigen Taschentuch hervor. Roja ballt ihre Hand zu einer Faust, dass der verletzte Finger brennt.

In Roja spannt sich eine Feder auf.

»Dürften wir eine DNA-Probe nehmen?«, fragt Spohr.

»Warum?«

»Wo waren Sie gestern Abend?«, fragt Pennywise.

»Ich hole meinen Mann.«

Roja steht auf. Pennywise sieht den Kollegen an, der schüttelt den Kopf.

»Erbil!«, ruft sie nach oben und schaut in die züngelnden Flammen des offenen Kamins.

Erbil kommt die Treppe herunter. Hoffentlich schläft Esther schon.

»Erbil, die Herren möchten wissen, wo ich letzte Nacht war.«

»Ich muss zurück zu Esther, zu meiner Tochter«, er

deutet hinter sich, zur Tür. »Nach den schlimmen Ereignissen der letzten Tage...«

»Erbil!«, sagt sie.

Ihr Mann sieht sie an. »Um was geht es?« Sie kann seinen Blick nicht deuten.

»Um den Brandanschlag auf die Moschee«, sagt Roja. »Erbil, jetzt sag schon. Bitte.«

»Ich weiß nicht, wo du gestern Abend warst.«

Die Feder schnellt auf. Roja stützt sich am Tisch ab. Versucht, ruhig zu atmen.

»Das heißt, Sie haben kein Alibi?«, fragt Pennywise. Roja setzt sich. Lässt den Blick dabei nicht ab von Erbil und denkt: Warum lässt du mich jetzt im Stich? Nach all den Jahren.

Erbil dreht sich um und geht. Die Polizisten stehen auf. Roja begleitet sie zur Tür und verabschiedet sich von ihnen. Als sie die Tür hinter ihnen geschlossen hat, lehnt sie sich dagegen. Sie hört, wie die Journalisten sie lautstark mit Fragen bombardieren: »Was wird Frau Özen vorgeworfen? Wird Frau Özen verdächtigt, mit dem Attentäter in Verbindung gestanden zu haben?«

Roja hält sich die Ohren zu, geht zur Couch und lässt sich darauffallen. Auf einmal steht Erbil vor ihr.

»Wo warst du?« Seine dichten Augenbrauen ziehen sich zusammen. »Er hat dich angerufen.«

»Was...«, stottert sie.

»Wir hatten eine Vereinbarung«, sagt Erbil, dreht sich um und geht. Auf dem Weg ins Bad sieht sie, wie er sein Bettzeug ins Wohnzimmer trägt. Kurz darauf begleiten sie zwei Tabletten in den Schlaf.

Ayyub Zlatar

Endlich gleichwertig.

9. März 2016

Markus Keilhofer

Daheim im Kinderzimmer:
Die Uniform aus dem Schrank. Gschneidert von der B, damals.
Aus der alten ist er rausgewachsen. Die, wo er als Pubertätsbinkel zu Weihnachten von den Großeltern kriegt hat. Die Uniform aufs Bügelbrett. Heißer Stahl auf königlichem Zwirn. Dampf steigt vom Stoff auf. Nur der Totenkopf, der vom roten Kreuz durchbohrt ist, und die dicken goldenen Knöpf werden vom Bügeleisen ausgespart. Jetzt die blaue Hosen, mit den roten Streifen. Dann die Trittling poliert. Händ gwaschen. Und rein in die Uniform. Zuknöpfen. Das rote Tempelritterkreuz in den Kragen bohren. Das Herz hupft vor Freud, wie die bunten Auszeichnungen den Stoff über ihm durchstechen. Das Eiserne Kreuz vom Großvater find seinen Platz daneben. Die goldene Schützenschnur verbindet die Schulterklappen mit der Mitten. Zum Schluss die Trittling und die weißen Handschuh anzogen.

Handy und Ladegerät. Taschenlampen. Kabelbinder. Pfefferspray. Bundeswehr-Einmannpackung EPA 220: in 'n Rucksack. Und das Wichtigste: die Pistolen und die Stutzen.

Die Postkarten vom Vater verstaubn unter dem Bett in der Stahlkisten: Griechenland, Mazedonien, Serbien, Bulgarien, Rumänien, Kroatien, Slowenien, Österreich, Italien.

Im Bad:
In die Wanne mit dem Vater seinem Gred ohne Inhalt. Jetzt wird nimmer geredet. Feuerzeugbenzin drüber. Ein Zündhölz angerissen. Mit Feuer und Blut ist auch zur Märtyrerzeit tauft worden.

Im Schlafzimmer:
Er zündet Kerzen an. Lässt die Jalousien runter. Legt Schuberts *Winterreise* ein. Holt das Opium aus der goldverzierten Elfenbeinschatulle. Der Ernst hat ihm erzählt, dass dem Mohnsaft im Morphium die Farben geraubt worden sind. Legt das Opium auf den Löffel. Gibt ein Spritzer Wasser dazu. Hält den Löffel über die Kerzen. »Fremd bin ich eingezogen, fremd zieh ich wieder aus«, singt der Bariton. Er zieht die Spritzen auf. Schlägt die Decken zurück. Großvater seine dürren Haxen. Von Adern durchzogen. In denen das Wissen fließt, das er an sein Enkel weitergeben hat: Mühlhiasl, Chemtrails, Illuminaten, indisch Springkraut, Tollkirschen, der Jud und die Muselmannen. Der ihm gelernt hat, dass der Mensch gleich nach dem Viech kommt. *Und mir auf dem wurzeln, was unsere Väter durch ihre Fäust, ihr Hirn und Herz im Lauf der Zeit erschaffen haben.* Er schluckt und schluckt. Trotzdem schaffens die Wasserburger bis in seine Augen. Er deckt Großvater wieder zu. Fürn Kommandant ist es eine Ehrensach, als Letzter von Bord zum geh.

Mit der schon aufgezogenen Spritzen geht er zur Großmutter. Die darf als Erste gehn.

»Das Mädchen sprach von Liebe, die Mutter gar von Eh'.«

Die weiche Großmutter, tröstend, treuherzig, tüchtig: früher. »Es zwickt nur ein bisserl, Großmutter.« Dann sticht er rein. In den grünen und blauen Bauch, der nur noch ein Hautlappen ist. Genau so, wie ers die letzten Jahr jeden Tag dreimal gemacht hat. Nur mit Insulin und Heparin.

»Nun ist die Welt so trübe, der Weg gehüllt in Schnee.«

Großmutter verdreht die Augen, stöhnt lustvoll auf, schaut in eine andere Welt. »Jetzt hat deine letzte Reise angfangen, Großmutter.« Wie er zum Großvater zurückgeht, unterbricht sein Handyklingelton die *Winterreise*.

›Vater‹ steht auf dem Display. Keilhofer drückt ihn weg. Zieht dem Großvater seine Spritzen auf.

»Ich kann zu meiner Reisen / nicht wählen mit der Zeit, muss selbst den Weg mir weisen / in dieser Dunkelheit.«

Donnerstag, 10. März 2016

Roja Özen

Erbil rüttelt an Rojas Schulter. Sein Mund schnappt auf und zu, wie das Maul eines Fisches. Sie versteht nichts, da sie sich gestern Abend Ohrenstöpsel in die Ohren geschoben hat. Der Hangover der zwei Schlaftabletten tut sein Übriges. Mit dem Telefon wedelt er vor ihrem Gesicht herum. Sie setzt sich auf, zieht die Ohrenstöpsel heraus und nimmt das Telefon. Auf ihre Frage, wer dran sei, schüttelt er den Kopf. Sieht sie aus verquollenen Augen an, die wütend aufblitzen. Sie hält den Hörer ans Ohr.

»Wir jagen dir und deinem Kameltreiber eine Kugel in den Kopf. Genau wie diesem Irren. Und dein Kopftuchmädchen ficken wir in den Arsch, bis ihm der Koran wieder zur Nase herauskommt.«

Roja würgt. Sie springt auf, rennt ins Bad und erbricht sich in die Toilette. Erbil steht neben ihr. Er wartet nicht einmal, bis sie sich den Mund abgetrocknet hat.

»Das geht die ganze Nacht schon so. Außerdem lag heute Morgen ein Schweinekopf vor unserer Tür. Ich nehme Esther und fahre mit ihr zu meinen Eltern.«

»Erbil ...«

»Ich kann dir nicht mehr vertrauen. Mit deinem Verhalten bringst du Esther und uns alle in Gefahr.« Es läutet. Erbil zieht sich seine Jacke über, die er die ganze Zeit in der Hand gehalten hat.

»Du gehst doch jetzt nicht an die Tür, oder?«

Erbil geht, ohne zu antworten: »Esther, wir fahren, das Taxi ist da!«

»Taxi?«

»Die Reifen unserer Autos wurden zerstochen.«

Roja will ihm hinterher, da würgt es sie wieder und sie stürmt ins Bad. Gallige Säure rinnt aus ihrem Mund. Die Tür fällt ins Schloss und sie sinkt auf die Fliesen ihres Badezimmers. Da läutet das Telefon erneut.

Wütend hastet sie zum Bett und hebt ab. »Warum könnt ihr uns nicht einfach in Ruhe lassen!?«

»Roja?«

»…«

»Roja?«

»Wer ist denn da?«

»Da ist dein Trainer aus dem Studio.«

Roja atmet erleichtert aus, setzt sich auf das Bett und sinkt tiefer in die Matratze ein.

»Entschuldige bitte, aber wir werden die ganze Nacht schon terrorisiert. Und…«

»Ist das wahr, was die in der Zeitung schreiben?«

Durch den Garten schleicht sie sich auf die Straße. Im Auto ruft sie ihre Sprechstundenhilfe Aida an. In nicht einmal einer Viertelstunde erreicht sie ihre Praxis. Das Schild »Von 7. bis 9. März wegen Krankheit geschlossen« reißt sie herunter. Kurz darauf trudelt Aida ein.

»Ich dachte nicht, dass Sie schon wieder…«

»Geh weiter, gleich kommen die ersten Patienten«, unterbricht Roja sie und sieht auf die Uhr: Es ist Punkt neun.

Roja schlüpft in ihren Arztkittel.

Um zehn Uhr bereitet sie sich die zweite Tasse Kamillentee zu, weil das Wartezimmer immer noch leer ist. Aida steckt ihren Kopf in Patientenakten, als Roja an ihr vorübergeht. Da hört sie Schritte im Treppenhaus. Zügig schließt sie die Tür des Behandlungszimmers hinter sich. Streicht sich hoffnungsvoll über den Kittel. Es klopft. Aida steckt ihren hochroten Kopf herein.

»Frau Doktor, die Polizei.«

Pennywise und Spohr stiefeln herein. Zwei Beamte in Uniform folgen ihnen.

»Frau Özen, Sie sind festgenommen«, sagt Spohr. »Verdacht auf Bildung einer terroristischen Vereinigung.«

Wie Baba, denkt Roja, nachdem sie den Märchenonkel bei uns gefunden haben.

In Handschellen steigt Roja auf die Stufen der Treppe, die in die Polizeiwache führen. Auf die Blutsprengsel, die sich zu einer roten Decke verdichten. *Schlimmer als beim letzten Mal kann es nicht werden. Das Blut. Der Schmerz. Die Angst. Schon jetzt kann ich mich nicht mehr in der Stadt sehen lassen. Die Frau Doktor eine Terroristin ...* Gebückt geht sie durch die Tür, in den Gang, an der Glasscheibe vorüber, sieht wieder auf das graue Linoleum, auf dem kein Blut mehr klebt. *Ich habe mir nichts vorzuwerfen. Muss ich die Praxis zumachen? Müssen wir wegziehen? Wandere ich für den Rest meines Lebens ins Gefängnis?* Mit jedem Schritt, den sie sich dem Büro nähert, drückt der Amboss stärker auf ihren Oberkörper. Sie wendet den Blick vom Boden ab, sucht nach einem Polizisten, den sie kennt. Schließlich entdeckt sie ihren Lebensretter: mit seiner Frau und seinen zwei Kindern. Eingerahmt, mit einer schwarzen Schleife. *Hätte ich Ayyub Zlatar nur zwangseingewiesen ...*

VERNEHMUNGSPROTOKOLL
Donnerstag, 10. März 2016, 21:26 Uhr

Vernommen wird die Verdächtige Frau Roja Özen
Geboren am 4. März 1988 in Halabdscha, Irak

Wohnhaft in Auffing.
Anwesend:
Hauptkommissar Erwin Spohr
Kommissar Jakob Nasher
Kriminalpolizei Erding, Staatsschutz

Frage: Bitte erzählen Sie uns, was sich letzte Nacht ereignet hat.

Antwort: Ich war zu Hause.

Frage: Wir wissen, dass es schwierig ist, so etwas Intimes zu erzählen, wir kennen uns ja quasi nicht. Denken Sie, Sie könnten uns vielleicht als Ärzte, quasi Kollegen betrachten, mit denen Sie über eine heikle Sache sprechen möchten?

Antwort: Ich weiß nicht ... Ich weiß nicht.

Frage: Kann es sein, dass Ihre Ehe nicht so gut läuft?

Antwort: Ich wüsste nicht, was das mit der Sache zu tun hat.

Frage: Wie gut kennen Sie Fabio Stingl?

Antwort: Er war mit mir im Kindergarten.

Frage: Wie würden Sie Ihr Verhältnis zur Polizei beschreiben?

Antwort: Normal.

Frage: Sie haben als Kind miterlebt, wie die Polizei Ihren Vater festgenommen hat. Wie war das für Sie?

Antwort: Ich habe ihn vermisst.

Frage: Ist es richtig, dass Sie ihre Freundin Traudel Gebert vor zwei Tagen getroffen haben?

Antwort: Ist das verboten?

Frage: Haben Sie Traudel Gebert gebeten, für Sie Erkundigungen einzuholen?

Antwort: Also ... Nein.

Frage: Waren Sie letzte Nacht in der Moschee?

Antwort: Ich war erst zweimal in der Moschee. Einmal am Tag der offenen Tür und einmal zu einem Treffen der Flüchtlingshilfe.

Frage: Hatten Sie in der letzten Zeit häufig Kontakt mit Ihrem Vater?

Antwort: Ich weiß nicht einmal, was er die letzten Jahre getrieben hat, wenn Sie das meinen.

Frage: Ihr Vater war von Mai bis April 2007 in Straßburg an einem Hungerstreik zur Unterstützung von Abdullah Öcalan beteiligt. Ist es richtig, dass Sie sich damals als seine Anwältin ausgegeben haben?

Antwort: Das war ein Fehler.

Frage: War der Anschlag auf die Moschee auch ein Fehler?

Antwort: Natürlich war das ein Fehler.

Frage: Immerhin sind keine Menschen zu Schaden gekommen oder gestorben.

Antwort: Zum Glück.

Frage: Wie erklären Sie sich, dass wir Brandbeschleuniger in Ihrer Garage gefunden haben?

Antwort: Warum sollte ich als Muslima eine Moschee anzünden?

Frage: Wurde das Material von Hintermännern geliefert?

Antwort: Es gibt keine Hintermänner.

Frage: Ist es richtig, dass Sie zu Ihrem Vater am Telefon gesagt haben: »Meine Glaubensbrüder bekämpfen übrigens auch die Bourgeoisie am Golf. Das dürfte dir und deinen Genossen doch eigentlich gefallen.«

Antwort: Ich erinnere mich nicht genau.

Frage: Erleichtert es Sie, dass Sie nicht des Mordes verdächtigt werden?

Antwort: Ich weiß nicht ... Nein ... Warum auch?

Frage: Ist es richtig, dass Sie Ayyub Zlatar kannten?

Antwort: Er war einmal in meiner Sprechstunde.

Frage: Finden Sie es nicht ungewöhnlich, dass Sie so viele strenggläubige muslimische Patientinnen haben?

Antwort: Ich denke, weil ich selbst Muslima bin.

Frage: Haben Sie mit dem Onkel von Ayyub Zlatar in Bosnien telefoniert?

Antwort: Ja, als Ayyub Zlatar in meiner Praxis war und ich ihn in die Psychiatrie einweisen wollte.

Frage: Wussten Sie, dass er Oberhaupt eines Islamistendorfes ist?

Antwort: Nein. Woher sollte ich?

Frage: Wussten Sie, dass Ayyub Zlatar bei einer kurdischen Familie zur Untermiete gewohnt hat?

Antwort: Nein. Möglich.

Frage: Sind die Frau und Tochter des Vermieters Ihre Patienten?

Antwort: Auffing ist eine Kleinstadt.

Frage: Ist es richtig, dass vor allem strenggläubige muslimische Frauen aus ganz Bayern zu Ihnen kommen?

Antwort: Ja, was ist daran so ungewöhnlich?

Frage: Wussten Sie, dass diese Familie Terroristen unterstützt?

Antwort: Ich bin gläubige Muslima und überzeugte Demokratin.

Verdächtige bekommt Beweismittel 2 gezeigt: Taschentuch.

Frage: Ist das Ihr Taschentuch?

Antwort: Es ist ein Papiertaschentuch. Woher soll ich das wissen?

Frage: Haben Sie es vor der Moschee verloren?

Antwort: Ich war das nicht.

Verdächtige bekommt Beweismittel 1 gezeigt: Handy.

Frage: Ist das Ihr Handy?

Antwort: Vermutlich.

Frage: Haben Sie bei der Witwe von Herrn Stehr angerufen?

Antwort: Zeugin schweigt.

Die Vernommene weigert sich, das Protokoll zu unterzeichnen.

Roja schaltete ihr Smartphone an:

Münchner Merkur
Heimatzeitung

Behörden warnten Polizei vor unvorhersehbarer Reaktion des Amokläufers
Landratsamt mahnte zu größter Vorsicht – Morddrohungen gegen zwei Bürgermeister

Auffing – Der Landrat von Erding hat alle Vorwürfe gegen sein Amt entschieden zurückgewiesen, wonach der Tod der drei Polizisten hätte verhindert werden können, wenn das Landratsamt schneller gehandelt hätte. Der Ablauf des Verwaltungsvorgangs stehe in keinerlei kausalem Zusammenhang mit der »schrecklichen Mordtat« an den Polizisten. Das Landratsamt, wie auch das Gesundheitsamt, hätten die Vorgänge »rechtmäßig, sachgerecht und vernünftig« abgewickelt.

Ende Oktober letzten Jahres hatte der Bosnier Ayyub Zlatar einen Antrag auf Erteilung eines Waffenscheins gestellt. Seine mündliche Begründung habe die Sachbearbeiterin dazu veranlasst, das staatliche Gesundheitsamt Erding zu informieren, weil sich Zlatar persönlich bedroht fühle. Erst nach mehrmaliger Aufforderung kam der Bosnier am 10. Februar zur Untersuchung ins Gesundheitsamt. Die Beurteilung ergab: »Infolge seiner gesundheitlichen Veränderung ist Zlatar für die Erteilung eines Waffenscheins nicht geeignet.« Ausdrücklich betonte das Gesundheitsamt jedoch, dass der Bosnier »nicht in einer akuten psychotischen Art erkrankt ist, dass etwa ein Handlungsbedarf besteht«. Eine Woche später wurde ihm mitgeteilt, dass ihm kein Waffenschein erteilt und die Waffenbesitzkarte entzogen würde.

Auch, so der Landrat, sei geprüft worden, ob gegen den Bosnier ausländerrechtliche Zwangsmaßnahmen ergriffen werden könnten. Da sich Zlatar aber schon lange in der Bundesrepublik aufgehalten habe und noch nie in irgendeiner Weise aufgefallen sei, seien ausländerrechtliche Maßnahmen unterblieben.

Am 2. März wurde nach Angaben des Landrats beim Amtsgericht Erding die Wohnungsdurchsuchung beantragt. Noch am selben Tag sei die Angelegenheit im Landratsamt mit den Polizeibeamten besprochen worden. Sie wurden wiederholt darauf hingewiesen, dass nicht abzusehen sei, wie Zlatar reagieren würde und dass deshalb größte Vorsicht geboten sei. Im Beisein der beiden Polizeibeamten habe man mit dem Gesundheitsamt fernmündlich auch die Frage erörtert, ob man Zlatar nicht zwangsweise in eine Nervenheilanstalt einweisen sollte. Nach Aussagen des Landrats hat das Gesundheitsamt dies aber abgelehnt: Dem Gesundheitsamt »reichten die Erkenntnisse über Zlatar nicht aus, um ihn in eine Nervenanstalt einweisen zu lassen«. Es sei allerdings »die Möglichkeit einer unvorhersehbaren Reaktion gegeben ..., wobei die Polizei dann die Möglichkeit der sofortigen Unterbringung habe«.

Aus diesem Geschehensablauf ergebe sich, so der Landrat weiter, dass die zuständigen Mitarbeiter des Landratsamtes auf erste Anzeichen der Geistesschwäche bei Zlatar sofort reagiert und die erforderlichen Schritte eingeleitet hätten, und weiter: »Nach den rechtsstaatlichen Grundsätzen der Verhältnismäßigkeit und des Übermaßverbotes bestand kein Anlass und keine rechtliche Möglichkeit, früher und anders zu reagieren, als dies geschehen ist.« Zlatar habe sowohl beim Landratsamt als auch beim Gesundheitsamt, abgesehen von seinem Verfolgungswahn, »völlig normal gewirkt«, sagte der Landrat.

Wie inzwischen bekannt wurde, sind bei den Bürgermeistern von Auffing schriftlich Morddrohungen eingegangen. Die Begründung: Sie seien zu ausländerfreundlich.

Ayyub Zlatar

Endlich Mensch sein.

10. März 2016

Roja Özen

Der Mond strahlt bleich in die Zelle.
Vielleicht sollte ich einfach alles erzählen.
Roja hat die Decke von der Pritsche genommen, gefaltet und auf den Boden gelegt. Sie kniet nieder, beginnt mit dem Gebet. Versucht, sich aufrecht hinzustellen. Fährt sich mit den Händen über das Gesicht. Da geht die Tür auf; Pennywise stürmt herein.
»Kommen Sie bitte mit!«
Pennywise schiebt sie in das Vernehmungszimmer, er und Spohr setzen sich gegenüber.
»Also...«, beginnt Roja, aber Spohr unterbricht sie.
»Wir haben uns dafür entschieden, Ihnen entgegenzukommen.«
»Wie bitte?«
»Sie können gehen.«
»Jetzt?«
»Ihre Mutter hat eine Kaution hinterlegt. Sie melden sich morgen wieder bei uns«, sagt Pennywise. »Es kann sein, dass Ihr Vater die nächsten Stunden nicht überlebt.«
»Wie?«
»Es tut mir sehr leid«, sagt Spohr, »aber mehr dürfen wir Ihnen nicht sagen.«
Sie steht auf und geht hinaus. Spohr schließt die Tür hinter ihr.

Da sie kein Geld für ein Taxi bei sich hat, rennt sie aus der Polizeiwache. An den Kleingärten vorbei, die Adalbert-Stifter-Straße entlang, über die große Ampelkreuzung, zum Krankenhaus.
Vor dem Krankenhaus steht ihr Bruder Serhat und raucht.

»Was ist mit Baba?«, fragt Roja.

»Verschwinde.«

Ihr Bruder wirft die Kippe auf den Boden, reibt sie mit der Sohle aus, bis sich der Tabak auf dem Asphalt verteilt hat.

»Du...«, er tippt mit dem Zeigefinger auf ihre Brust, »... bist schuld.«

»Ich will zu Baba.«

»Vergiss es. Sonst regt er sich noch mehr auf«, sagt Serhat.

»Aber Bra.«

»Bra, Bra! Geh doch beten, dass es Baba wieder besser geht, aber lass uns in Ruhe.«

»Ich« – sie starrt zu Boden. Dann in sein Gesicht. Sieht das Alter: vereinzelte Falten, ein graues Haar. Sie öffnet den Mund. Schließt ihn wieder, weil es zu sehr schmerzt. Da verschwinden das graue Haar und die Falten in Serhats Gesicht. Roja schrumpft. Ihr großer Bruder thront über ihr, packt sie am Kragen, ringt sie zu Boden. Schlingt die Arme um sie, nimmt sie in den Schwitzkasten. Sie wehrt sich mit aller Kraft: zwickt, kratzt, beißt. Obwohl es die Kindergärtnerin verboten hat. Serhat lockert seinen Griff trotzdem nicht. Erst als sie weint, lässt er los. Roja fasst sich an ihren Hals. Serhat wartet. Sie schließt ihren Mund, ohne etwas gesagt zu haben. Ihre Zunge, ihr Mund, haben sich zu sehr ans Nichtssagen gewöhnt. Sie dreht sich um und geht. Den kurzen Berg hinunter, über die Straße, ohne nach rechts oder links zu sehen. Ein Auto hupt, Reifen quietschen. Vorbei an der vor drei Jahren frisch renovierten Flüchtlingsunterkunft, die davor eine Brauerei gewesen ist. In einem Zimmer brennt noch Licht.

Der Berg, mit den Sträuchern und dem Springkraut neben der Straße, kommt ihr steiler vor als sonst. Ihr geht bereits auf halber Höhe die Puste aus, und sie muss sich auf den Knien abstützen. In der Moschee sind alle

Fenster hell erleuchtet. Roja versucht sich die Worte, die ihr schwer genug fallen würden, zurechtzulegen. Sie geht zur Tür, die im Gegensatz zur restlichen Front des Flachbaus nicht verkohlt ist. Ein paar Straßen weiter schreit ein Baby. *Was Esther wohl gerade macht?*

Rechts von der Tür ein verrußter Punkt auf der Hausfront. Die Tür ist weiß, ausgewechselt nach dem Anschlag. Der grüne Lack daneben aufgebläht. Am Ende der Mauer strahlt ein weißer Fleck, die drei Buchstaben notdürftig übertüncht. Sie drückt den Klingelknopf. Wartet. Das Feuer hat die Leitung verschmort. Sie klopft. Wieder geschieht nichts. Sie klopft noch einmal. Da öffnet sich die Tür und der Imam steht vor ihr.

»Merhaba«, sagt das kleine, dickliche Männchen. Auf seiner Halbglatze spiegelt sich das Licht der Glühbirne, die über ihm an einem Kabel baumelt. Wie die meisten Imame aus der Türkei spricht er wahrscheinlich nur Türkisch und Arabisch.

»Merhaba«, antwortet Roja. Der Mann zupft sich sein braunes Sakko zurecht und bittet sie herein. Sie tritt ein, zieht ihre Schuhe aus und stellt sie auf das Schuhregal neben drei Paar Halbschuhe.

Sie sieht das Schild der Türkisch-Islamischen Union »DITIB«. Der Gedanke an ihren Vater sticht in ihren Kopf. Sie reißt den Mund zu schnell auf, stöhnt fast vor Schmerz.

Der Imam führt sie in den Teeraum. Ein langgezogener Tisch versteckt sich unter einer schmucklosen Wachstischdecke. Um ihn herum steht ein gutes Dutzend Stühle. Es riecht nach Tee. Stumm weist der Imam sie an, Platz zu nehmen. Roja setzt sich, streicht den Mantel glatt. Der Imam verschwindet in den Gebetsraum. Sie hört ihn leise sprechen und denkt: *Der Vorstand wird mich rausschmeißen.*

Hinter ihr versperrt ein undurchsichtiger Vorhang die

Sicht. Sie zieht ihn zur Seite. Besen und Eimer kommen zum Vorschein. Sie versteckt sich hinter dem Vorhang, ihre Zunge staubtrocken. Sie wünscht sich, sie könnte etwas trinken. Aufgeregte Stimmen werden lauter. Roja tritt hinter dem Vorhang hervor. Der Vorsitzende bleibt abrupt stehen. »Was wollen Sie?«

»Salam, Bruder«, sagt Roja. Wie gerne würde sie jetzt ausatmen, hält aber die Luft an.

Die Miene des Vorsitzenden verfinstert sich. Er öffnet den Mund. »Was...«

»Ich möchte beten«, stößt Roja aus.

Plötzlich hämmert es gegen die Tür. »Aufmachen!« Die Männer verstummen. Roja zuckt zusammen. »Aufmachen!« *Keilhofer! Was will der hier?* Sie überlegt, was sie tun soll, und huscht zurück hinter den Vorhang. Die Tür wird geöffnet, und der Vorsitzende sagt: »Guten Abend...« Dann hört sie einen Schlag. Lugt hinter dem Vorhang hervor. Der Vorsitzende fällt um, stößt mit dem Hinterkopf gegen die Ecke. Rutscht zu Boden. Zeichnet einen blutroten Streifen auf der weißen Wand. Keilhofer schlägt die Tür hinter sich zu. Er trägt eine blaue Uniform.

»Schlüssel!«, brüllt er und fuchtelt mit einer Pistole herum. Um seine Schulter hängt ein Maschinengewehr. Roja hält sich die Hand vors Gesicht, um nicht laut loszuschreien. Der Vorsitzende reagiert nicht und sieht ihn verstört an. Keilhofer geht auf ihn zu und drückt dem auf dem Boden Kauernden die Pistole an den Kopf.

»Schlüssel, sonst schebberts!«

Der Vorsitzende schiebt die Hände in die Hosentaschen. Kramt darin herum. Keilhofer tritt mit der Hand auf seinen Arm. Den Vorsitzenden reißt es kopfüber zu Boden.

»Meinst, du kannst mich anscheißen, hah?«

Keilhofer bückt sich und hebt das Pfefferspray auf. Holt mit dem Fuß aus und tritt ihm in den Magen. Roja greift nach dem Besenstiel. Der Vorsitzende sackt bewusstlos zu Boden. Roja lässt den Besenstiel wieder los. Nach einem Blick auf den Imam fischt Keilhofer den Schlüssel aus der Hosentasche des bewusstlosen Vorsitzenden, schließt die Tür ab und steckt den Schlüssel und das Pfefferspray ein. Dann packt er den Vorsitzenden am Hemdkragen und schleift ihn mit sich. Treibt den Imam mit der Pistole vor sich her in den Gebetsraum. »Geh ma!«

Roja überlegt, ob sie fliehen kann. Sie dreht sich um, der Raum hat kein Fenster. Also tritt sie hinter dem Vorhang heraus. Beim Hereinkommen hat sie keinen Schlüsselkasten gesehen. Aufbrechen kann sie die Türe nicht. Außerdem würde Keilhofer es mitbekommen. Ihr Handy liegt als Beweismittel bei der Polizei.

Sie schluckt und schluckt, um ihren trockenen Mund zu befeuchten. Dann setzt sie einen Schritt neben den Vorhang. Lauscht: verdächtige Stille. Während sie einen Schritt vor den anderen setzt, überlegt sie, was sie durch das Getratsche über Keilhofer weiß. *Mutter bei Geburt verstorben. Vater Fernfahrer.*

Sie hört immer noch niemanden sprechen. An der Tür des Gebetsraumes wird ihr klar, warum. Sie krallt die Fingernägel in die Oberschenkel. Der Imam, der Vorsitzende und ein Unbekannter, ein dürrer Mann, kauern in Gebetsstellung vor ihr. Mit zwei wesentlichen Unterschieden. Ihre Arme sind mit Kabelbindern auf den Rücken gefesselt. Den Kopf auf dem grünen Teppich abgestützt. Der nicht in Richtung Mekka zeigt. Dorthin zeigt der Po der drei Männer.

Was willst du eigentlich?, denkt Roja und sagt: »Sie haben nichts mit dem Amoklauf zu tun!« Keilhofer reißt den Kopf herum, richtet die Pistole auf sie. Ein süffisantes Lächeln umspielt seine Lippen. Die goldene Schnur, die sich über seine stolzgeschwellte Brust zieht, zittert genauso wie das Eiserne Kreuz. Bei jedem Schritt sinken seine Stiefel in den Teppich der Moschee. Mit der Pistole zielt er auf ihren Kopf. Mustert sie von oben bis unten.

»Die Frau Doktor. Das ist ja wie Weihnachten und Ostern zusammen.« Die drei Gefesselten wagen nicht aufzusehen. »Wenn du denkst«, er drückt sich an sie. Schiebt die Pistole in ihren Mund. Die Kimme zerfetzt die Lippe und eine aufgeplatzte Blase. Sie stöhnt auf. »Wenn du denkst, du kannst dich bei deinem Mohammat einschleimen, dann hast du dich aber gscheit täuscht.« Das metallisch schmeckende Blut läuft in ihren Mund. »Du glaubst wohl, bei uns im Land ist alles verhandelbar. Vergiss es! Anpassen und sonst nix! Zieh dir gfälligst deine Schuh wieder an.«

Roja geht zum Schuhregal. Noch bevor sie die Schuhbänder geschnürt hat, schubst er sie zurück in den Gebetsraum. Sie strauchelt auf den weichen Teppich. Die Männer glotzen von unten auf Rojas Schuhe. Sie rappelt sich auf.

»So«, sagt Keilhofer. »Jetzt seids ihr Muselmannen unter Euch und habts auch noch ein Kopftuchweib dazukriegt.«

Er stößt Roja neben die Männer in die Gebetsnische.

»Jetzt müssts schaun, wie ihr damit klarkommts, dass Manner und Weiber nimmer trennt sind.«

Roja holt ein Taschentuch aus ihrer Manteltasche und drückt es auf ihre aufgeplatzte Lippe. Sie wagt es nicht, den Männern in die Augen zu sehen. Sitzt mit dem Rücken zu der golden verzierten Tür mit grünem Rahmen. Auf beiden Seiten Allahs Namen in Arabisch auf Teller gemalt. Sie starrt auf den grün-roten Teppich, den ein fünfarmiger Kronleuchter und Blumen zieren. Linst vorsichtig zu den drei Männern hinüber. Der Vorstand nickt unauffällig. Der Imam stiert vor sich hin. Und der Fremde beachtet sie auch nicht.

»Viecher unter sich.« Keilhofer lacht sein dröhnendes Lachen. »Obwohl ihr uns Christen als Viecher anschauts. Wie Euer Mohammat. Dafür habt Ihr jetzt eine Frau, die Ihr schlagn könnts. Aber natürlich ned ins Gsicht.«

Dass ihr Euch immer nur das aus dem Koran herauszieht, was Euch gerade in den Kram passt.

Keilhofer kommt langsam auf die Drei zu.

»Ihr könnts eurem anatolischen Kamelficker ja übersetzen, was ich grad gsagt hab.«

Keiner der Männer macht Anstalten, Keilhofers Worte zu übersetzen.

»Geh weiter, übersetz du!«

Keilhofer zeigt auf den Vorsitzenden. Der starrt ihn lediglich an. »Oder soll das euer kurdische Schlampen übernehmen?«

Bevor Roja das Wort an den Imam richten kann, dem der Schweiß auf der Halbglatze steht, fährt sie Keilhofer an. »Und du Terroristen-Flitscherl hältst besser dein Mund. Oder glaubst du, die Herren da wissen ned, dass du von der PKK bist? Dass du den Mord an ihren Kindern in der Türkei unterstützt ...«

Roja drückt die Fäuste aneinander und denkt: *Teile und herrsche.*

»Außerdem hast dem Amokläufer auf der Polizeiwach gholfen, drei unschuldige Polizisten umzubringen. Zwei davon habn Kinder ghabt.«

»So ein Blödsinn!«, bricht es aus Roja heraus. Keilhofer geht zu ihr. Sein Grinsen widert sie an.

»Und dafür werd ich mich rächen. An dir und deine staubigen Glaubensbrüder da. Aber keine Angst ...«, sein Tonfall wird feierlicher, während er durch den Gebetsraum schreitet. »Ich werd Euch ned den Kopf abschneidn, wies der IS tut. Ich werd Euch auch ned steinign, wie ihr es tun täts.«

»Lassen Sie mich den Journalisten Fabio Stingl holen.«

Keilhofer denkt nach, mustert Roja. »Weil du ihn so gern hast?«

Speichel sammelt sich in Keilhofers Mundwinkel. Sie kann seinen Blick nicht deuten. Um ihm nicht in die Augen schauen zu müssen, sieht sie nach rechts zur Predigtkanzel, zu der eine grüne Treppe hochführt.

»Allerdings nur, wenn Sie die Männer freilassen.«

»Pahh!« Spucke fliegt ihr entgegen. Er holt mit der Pistole aus. Zieht ihr die Kimme über die Wange. Zerreißt Fleisch und Haut. Roja verschluckt den brennenden Schmerz. »Ich werde mir von einer dahergelaufenen Arschhochbeterin ned sagn lassen, was...«

Sein Handy unterbricht ihn. Keilhofer holt es raus, geht ran.

»Ja, Herr Hauptkommissar ... Ich forder die sofortige Abschaltung der lebenserhaltenden Maßnahmen des Attentäters Ayyub Zlatar.«

Ayyub, nicht Eischub.

»Und wie das geht. Wenn nicht, wird unser Land um vier Gefährder ärmer sein.«

Der Vorstand zuckt zusammen, sein Brustkorb hebt und senkt sich ruckartig.

»Außerdem soll der Journalist Fabio Stingl in die Moschee kommen, mit Kamera und Laptop.«

Pause.

»Was Sie dafür kriegn?«

Keilhofer sieht zu den drei Männern, die immer noch erwartungsvoll herüberblicken.

»Die drei Männer können geh. Roja Özen bleibt.«

Pause.

»Und ein volltanktes Fluchtauto will ich«, sagt er und legt auf.

Roja überlegt erneut, was sie über Keilhofer weiß. Was die Leute über ihn erzählen.

»Was schaustn so blöd?«

Sie schüttelt den Kopf.

Mutter bei Geburt verstorben. Sie spürt Esthers weichen, zerbrechlichen Körper auf ihrem Schoß.

Keilhofer zieht die Vorhänge beiseite, späht aus dem Fenster. Marschiert hin und her. Roja räuspert sich. Die Worte liegen schwer in ihrem wunden Mund. »Sie können sich vielleicht denken, dass mir die Entscheidung nicht leicht ...«

»Du hast überhaupt nix mehr zum Entscheiden. Ihr habts schon viel zu viel zu sagn bei uns.«

»Als Mutter habe ich eine große Verantwortung.«

Keilhofer knetet sein Ohrläppchen. Spucke sammelt sich in seinem Mund. Das Blut weicht aus seinem Gesicht. Sein Klingelton treibt es zurück in seine Fratze. Roja erhascht den fragenden Blick des Vorsitzenden. Sie zuckt vorsichtig mit den Schultern. Dann spricht sie das Bittgebet: O Allah, hilf mir, mich Deiner zu erinnern, Dir zu danken und Dir aufs Beste zu dienen.

»Aufstehn!«, sagt Keilhofer. »Alle!«

Roja sitzt der Tür am nächsten, führt die Gruppe an. Keilhofer dreht ihr den Arm auf den Rücken. Der schneidende Schmerz jagt ihr die Wut in den Körper. Der Imam erhebt sich ächzend.

»Würden Sie Ihre Mutter auch so behandeln, wenn sie noch leben würde?«, fragt Roja.

Keilhofer reißt sie herum, nähert sich ihrem Gesicht bis auf wenige Millimeter. Die Spucke sammelt sich in beiden Mundwinkeln. »Bück dich, ich muss mit dir redn!«

Roja dreht sich langsam um.

»Sofort!« Sie kniet nieder. Und hofft das Beste. Er biegt ihr die Arme auf den Rücken. Die Handschellen klacken. Es klopft an der Tür. Keilhofer legt ihr seinen Arm um den Hals, Schweißgeruch dringt in sie ein, verdrängt die Luft. Drückt fester zu. Sie kann nur noch auf seine Stiefel, auf den Boden des Aufenthaltsraumes schauen. Ihre

Brust verengt sich. Ihr Atem beginnt zu pfeifen. Keilhofers Orden stechen ihr in den Rücken.

»Wenn du jetzt Blödsinn machst«, flüstert er ihr ins Ohr und drückt die Pistole an die Schläfe, »dann...«

Roja schnappt nach Luft, riecht Öl. Die Stiefel verschwimmen. Er schleift sie zur Tür. Befiehlt den Männern, sich davor aufzustellen. Fuchtelt mit der Pistole herum. Lockert den Griff um Rojas Hals. »Falls irgendeiner von Euch meint, Schwierigkeiten machen zu müssen...«

Es klopft erneut. Keilhofer öffnet die Tür einen Spalt. Die Strahler blenden Roja.

»Komm rein!«, brüllt er.

Braune Halbschuhe treten in die Tür. Keilhofer zerrt Roja zurück, gibt jedem der drei gefesselten Männer einen Tritt, dass sie nach draußen stolpern. Der Imam fällt auf den Kies. Sein Körper wird von Schluchzern geschüttelt, bis ihn ein Polizist wegzieht. Auch die anderen zwei Geiseln werden von Polizisten in Sicherheit gebracht.

Keilhofer zieht die Tür krachend ins Schloss. Sperrt mehrfach ab. »Mitkommen!«, befiehlt er Fabio, der Roja einen besorgten Blick zuwirft. Keilhofer steckt seine Pistole in den Gürtel. Packt Rojas Arm. Stößt sie in die Gebetsnische. Fabio folgt ihm wortlos in den Gebetsraum. Keilhofer schnauft tief ein und sagt: »Hier kannst du dein Material aufbauen.« Er zeigt auf den Lehrstuhl, links von der Gebetsnische, wo ein halbmondförmiges grünes Rednerpult in die Ecke eingepasst ist. Darüber ein dunkelblaues Bild mit der Kaaba von Mekka, umrundet von Minaretten, über denen die Sonne aufgeht. Das Bild ist in Blau, Weiß und Schwarz gehalten, lediglich die Kaaba strahlt kupferfarben daraus hervor.

»Wart einmal«, sagt Keilhofer und zielt auf Fabio. »Keilhofer«, stottert der.

Ein Schuss ertönt. Roja und Fabio zucken zusammen. Die Kugel durchbohrt die Kaaba, zieht weiße Risse um das Einschussloch.

»Sag mal...«, stammelt Fabio.

»Bittschön, jetzt darfst«, sagt Keilhofer.

Fabio nimmt seinen Rucksack vom Rücken und stellt ihn auf dem Lehrstuhl ab. Wirft Roja zum zweiten Mal einen Blick zu.

»Stopp!«, sagt Keilhofer. Fabio hält inne. Keilhofer packt den Rucksack, stellt ihn drei Meter entfernt von Fabio auf den Boden, packt den Inhalt aus. »Kamera, Laptop. Wo ist dein Handy?« Fabio greift in seine Jacke. Keilhofer stoppt ihn erneut. Er holt das Smartphone heraus, wirft es auf den Boden und trampelt darauf herum, dass es splittert. Als er fertig ist, geht er zu Roja, reißt sie hoch und drückt ihr die Waffe wieder an den Kopf. »So und jetzt machst das erste Foto.«

»So?«, fragte Fabio. Roja hört, wie er schluckt, sieht, wie sich sein Kehlkopf bewegt.

»Wie sonst? Der Multikulti-Schmarrn und der Kulturmarxismus habn scho viel zviel angrichtet.«

»Das sind also Ihre christlichen Werte?«, fragt Roja.

Keilhofer drückt die Pistole fester an ihren Kopf. Fabio sieht sie erstaunt an. Keilhofer hält sie immer noch an ihren Haaren, nimmt die Pistole weg und zielt auf Fabio. »Jetzt mach scho.«

Fabio schluckt. Keilhofer drückt ab. Einmal, zweimal, dreimal. An der Wand zersplittert ein Teller nach dem anderen. Allahs Worte zerspringen. Das Porzellan übersät den Teppich mit weißen Scherben.

»Wir habn heut noch was vor. Mach ruhig mehrer.«

Fabio holt seine Kamera heraus. Mit zitternden Händen nimmt er den Linsenschutz ab. »Willst du sie nicht ein bisschen loslassen?«

Keilhofer sieht zu Roja hinunter. »Nein, eigentlich

ned.« Und drückt ihren Kopf in seinen Schritt. Roja spürt, dass ihr das Blut ins Gesicht schießt.

Der Blitz geht auf sie nieder. Macht sie seltsam wach. Keilhofer lässt sie los und fordert Fabio auf, ihm die Bilder zu zeigen. Selbstzufrieden klickt er sich von Bild zu Bild. »Das nimmst. Und drunter schreibst: ›Der Sonnenritter Markus Keilhofer rächt die drei ermordeten Polizisten, die im Kampf gegen die Invasion der Muselmannen gfallen sind. Roja Özen hat die Tat mit dem muslimischen Attentäter geplant...‹

»Was?«, entfährt es Roja.

»... und durchgeführt. Sie ist mitschuldig an dem Tod der aufrechten Mitglieder unserer Gesellschaft.«

Fabio hackt die Worte in die Tastatur.

»So, und jetzt stellst dus auf dein Blog, auf deine Facebook-Pinnwand, in die Gruppe ›Auffing‹ und schickst es an die Presseagenturen und deine Redaktion. Auf Twitter schickst auch eine Nachricht raus: Sonnenritter Markus Keilhofer hat Kampf zur Verteidigung des Abendlandes begonnen. Hashtag ›Sonnenritter‹.«

»Markus ...«

»Nix Markus. Du machst das jetzt. In ein paar Jahrn wirst du mir dankbar sein dafür, dass ich den Anfang gmacht hab.«

Rojas Atem beginnt zu pfeifen. »Ich brauch mein Asthmaspray.« Sie sieht Fabio an. »In meiner Manteltasche.«

»Wäre ja echt schad, wenn du mir scho vorher draufgehst«, sagt Keilhofer und holt ihr das Spray aus der Manteltasche. Seine Hände bleiben eine Sekunde zu lange darin. Beim Herausziehen berührt er ihre Brust. Er setzt es an ihren Mund. »Maul auf.« Drückt dreimal kurz hintereinander darauf. Roja atmet tief ein. Bekommt langsam wieder ausreichend Luft.

Das Handy unterbricht Keilhofers Worte. Er geht ran.

Hört zu. Verabschiedet sich: »Wenn Sie die lebenserhaltenden Maßnahmen ned abschaltn, wirds Tote gebn.«

Wütend zielt Keilhofer auf das Bücherregal links von Fabio. Papier zerfetzt. Weiße Turbane zerfetzen. Das Gewand des Imam, an einem Kleiderhaken, biegt sich wie ein getroffener Mensch in der Luft. Schwer atmend lädt Keilhofer nach.

»Tote?«, fragt Fabio leise.

»Mach dir ned gleich in d'Hosn«, sagt Keilhofer und schlägt Fabio so fest auf die Schulter, dass er nach vorne stolpert. »Ich brauch dich noch. Aber erst einmal bist genau wie deine Freundin mein menschlicher Schutzschild.« Er geht zu Fabio und flüstert ihm ins Ohr. »Hast du sie eigntlich pimpert?« Ohne auf eine Antwort zu warten, wendet er sich wieder an Roja. «Du, geh mal her zu mir.« Sein Blick hat sich verändert. »Um eins klarzumstelln. Wenn ihr irgendwelche Sparifankerl machts, dann ...«, er hebt die Pistole hoch. Deutet auf Fabio. »Du fahrst. So hab ich die Händ frei.«

Keilhofer steckt seine Pistole in das Halfter. Nimmt seinen tarnfarbenen Rucksack ab. Zieht eine Flasche mit Schnappverschluss heraus. Braune Flüssigkeit schlägt gegen Glas. Keilhofer lässt den Verschluss aufschnappen und stopft einen Stofffetzen aus dem Rucksack hinein. Der Geruch von Benzin verteilt sich im Gebetsraum. Fabio legt langsam den Zeigefinger auf seinen Mund.

Willst du mir jetzt auch noch sagen, was ich zu tun habe?

Keilhofer schultert seinen Rucksack. »Raus!«

Roja und Fabio hasten hinaus. Keilhofer geht zu den Vorhängen, setzt den Stoff in Brand, der lodernd Feuer fängt. Und folgt ihnen. Im Vorraum zündet er die Lunte des Molotow-Cocktails an und schleudert ihn in die Gebetsecke. Die Feuerwalze blendet Roja. Rollt auf sie zu. Ein Grinsen triumphiert Keilhofers hell erleuchtetes

Gesicht. Dann packt er sie am Hals. Sie würgt, weil er so abstoßend nach Schweiß riecht. Er greift nach der großen Sporttasche auf dem Boden, zerrt Roja aus dem Gebetsraum. Schließt die Eingangstür auf. Öffnet sie. Die Scheinwerfer nehmen ihr die Sicht. Roja schaut zu Boden.

»Vorwärts!« Keilhofer schleift sie mit sich, zu einem schwarzen Audi. Er reißt die Autotür auf. »Einsteign!« Stößt Roja hinein, dass sie bäuchlings auf der Rückbank landet. Wirft die Sporttasche auf den Boden. Keine Sekunde später sitzt Keilhofer neben Roja. Setzt die Pistole wieder an ihre Schläfe. Drückt sie nach unten. Legt sich auf sie. »Gib Gas!« Fabio startet den Wagen. Steine schlagen gegen die Karosserie. Der Wagen braust den Berg hinunter. »Rechts!«, befiehlt Keilhofer. Der Blinker klackt. Fabio brettert auf die Straße. Roja presst es in die Kissen. Sie bekommt keine Luft mehr.

»Markus«, krächzt sie. Keilhofer schlägt mit dem Pistolengriff gegen ihren Hinterkopf. Sie stöhnt laut auf.

»Per du sind wir noch lang ned.«

»Das kann doch nicht gutgehen. Die haben sicher einen Peilsender angebracht«, sagt Fabio.

»Und wie das gutgeh wird.« Er fährt ihr grob durch die Haare, schiebt das Kopftuch weg. »Die ganze Welt wird erfahrn, was ich für unsere Kultur geleistet hab.«

Sirenen heulen durch die Nacht. Keilhofer nimmt die Hand aus ihren Haaren. Roja richtet sich auf. Der Boden zittert von einer Explosion. *Die Moschee*, denkt Roja. Keilhofer sieht aus dem Fenster.

»Da schauts, hah? So was passiert, wenn man mir ned ghorcht.«

Der Wagen wird langsamer. Die Sirenen entfernen sich.

»Gib Gas, Fabio. Zum zeckenverseuchten Jugendzentrum.«

Keilhofer sieht zufrieden durch das Heckfenster. »Jetzt sind wir sie los.«

»Sie tun genau das, was die Islamisten auch machen: Angst und Schrecken verbreiten, Menschen töten«, sagt Roja.

»Das mach ich für uns alle, für unser Volk, unser Land. Das ist ein grechter Krieg.«

»Denken die Islamisten auch. Was die Kreuzritter früher getan haben, das machen die Islamisten heute. Morden, Köpfe abschlagen, verge...«

»Ich glaub du!« Er zieht sie an den Haaren nach oben. Ihr Kopftuch fällt herunter. »Du weißt wohl ned, wen du vor dir hast?« Er zwingt sie, ihm ins Gesicht zu sehen.

»Was meinen Sie, was Ihre Mutter zu all dem gesagt hätte?« Sein Gesicht wird bleich. Dann schlägt er zu. Die Ohrfeige hallt im Wageninneren wider. Rojas Wange glüht, die Haare hängen ihr ins Gesicht.

»Gib Gas, Fabio. Fahr uns zum Jugendzentrum», sagt er zum zweiten Mal. »Da wo die Ratten hausen.«

Fabio fährt über die breite Ampelkreuzung, am Getränkemarkt vorbei. Keilhofer zippt den Reißverschluss der großen Tasche auf. Holt eine weitere Maschinenpistole heraus und eine CD. Zärtlich streichelt er über den grauen Griff der Waffe. Roja schaut ihm entsetzt dabei zu.

Was hat der Irre vor?

Er drückt Fabio die CD-Hülle an die Schulter und sagt: »Tu's rei!«

Fabio schiebt die CD in den Player. Roja hört apokalyptische Streicher: Die Titelmusik von *Herr der Ringe*.

»Die Polizei ist sicher schon da«, sagt Roja.

»Wenn Polizei da is, dann hab ich immer noch Euch.«

Er tätschelt ihr die Wange. Sie wendet sich angewidert ab.

Ich muss etwas unternehmen.

»Jeder der jungen Menschen im Jugendzentrum hat eine Mutter, die zu Hause auf ihn wartet«, sagt Roja. Keilhofer reagiert nicht. Holt das Magazin aus der Maschinenpistole, schiebt es wieder hinein. »Sofern sie noch am Leben ist.«

Roja spürt Fabios Blick im Rückspiegel. Keilhofer weicht das Blut aus seinem Gesicht. »Halt dein Maul, du!« Er holt mit der Pistole aus. Zieht die Kimme erneut über Rojas Backe. Sie kippt wimmernd nach vorne.

»Gib Gas, Fabio!«

Sie fahren über den Bach. Links am Stadttor vorbei. Gleich haben sie das Jugendzentrum erreicht. Der Scheinwerfer eines entgegenkommenden Wagens leuchtet Keilhofer an: Die Schweißtropfen auf seiner Oberlippe. Seine pulsierende Halsschlagader. Blässe, kalter Schweiß, Blutdruckabfall, Kälte der Gliedmaßen, Herzrasen. *Wann kippt er endlich um?*, denkt Roja. Er packt Rojas Wangen mit seinen kalten Händen. Schüttelt sie. »Was weißt du scho über meine Mutter.«

Keilhofer lässt sie los. Hängt sich eine Maschinenpistole um. Nimmt die andere in die Hand. Es ist immer noch kein Streifenwagen zu sehen. Dafür das langgezogene buntbemalte Jugendzentrum. Wo hunderte Jugendliche eine Beach-Party feiern. Wie jedes Jahr. Seit Jahrzehnten.

Auf dem Parkplatz vor dem Jugendzentrum kommt der Wagen ruckartig zum Stehen. Jugendliche gammeln mit Bierflaschen in der Hand davor. Glotzen. Tuscheln. Reggae tönt aus dem Inneren. Der Geruch von Gras liegt in der Luft. Keilhofer springt heraus, schleift Roja auf die Straße. Jugendliche kreischen, jagen davon.

»Was hätte Ihre Mutter wohl zu dem gesagt, was Sie hier tun?«, fragt Roja. Schweiß glänzt auf Keilhofers Stirn. Er drückt ihr die Pistole auf die Brust, seine Hand zittert.

Roja schaut in den Nachthimmel. Von der Mondsichel schwach erleuchtet. Die Sirenen und der ratternde Hubschrauber holen sie zurück. Sie spürt die Waffe auf ihrer Brust. Sieht den roten Punkt auf Keilhofers Stirn. »Sie hätte Sie verachtet.«

Freitag, 11. März 2016

F.A.Z. exklusiv – Täter von Auffing war Rechtsextremist

Der Auffinger Geiselnehmer war Mitglied der AfD und hatte sich schon häufiger rassistisch geäußert, wie die F.A.Z. erfahren hat. Der Oberbayer hasste Türken und Araber. Und er verehrte den norwegischen Attentäter Anders Breivik.

Mehr zum Thema

CSU will Hürden für Abschiebung straffälliger Flüchtlinge absenken

Drohung auf Facebook: Mann nach Amok-Ankündigung verurteilt

Interview mit Konfliktforscher – »Sich im Alltag nicht einschränken lassen«

Täter von Auffing: Was trieb Markus K. zu seiner Tat?

Schießerei in Auffing
Polizisten riegeln die Innenstadt von Auffing ab.

Der Täter von Auffing, Markus K., war ein Rassist mit rechtsextremistischem Weltbild. Er habe es als »Auszeichnung« verstanden, dass sein Geburtstag, der 4. März 1988, auf den Beginn des Austrofaschismus 1933 fiel, berichtet ein Freund. Das erfuhr die F.A.Z. aus Sicherheitskreisen. Entsprechende Aussagen über seine Begeisterung dafür stammen demnach aus dem engsten Umfeld von K. Türken und Araber habe K. gehasst. Er habe ein »Höherwertigkeitsgefühl« ihnen gegenüber gehegt. Auch die Sympathien des Täters für den norwegischen Attentäter Anders Breivik deuten auf eine rechtsextremistische Gesinnung hin.

Die Ermittler gehen daher auch der Hypothese nach, ob K. seine Aktion in der Moschee gezielt gegen die Besucher des alternativen Jugendzentrums gerichtet hat. 2006 waren Neonazis aus ganz Bayern angereist, um gegen das »linksversiffte« Zentrum zu demonstrieren. Damals hatte sich das Bündnis »Auffing ist bunt« gegründet.

Danksagung

Viele Menschen haben mich in diese, für einige schmerzhafte, Vergangenheit und zurück in die Zukunft begleitet, die in Teilen Gegenwart und somit Realität wurde.

Julie, ohne deinen kritischen Geist und die Gespräche mit dir hätte ich diesen Roman nicht schreiben können. Und ohne deine Geduld, die Zeit und Kraft, die du mir geschenkt hast, hätte ich ihn nicht vollenden können. Danke, dass du diesen Weg wieder einmal mit mir gegangen bist! Auch dir, Mama, vielen Dank, für deinen Rat, deine Kritik und deine motivierenden Worte. Danke, Papa, dass du vor allem in Fragen der Mundart jederzeit für mich da warst und mich immer wieder darin bestärkst, den Weg des Schriftstellers zu gehen. Zoë Beck, ich danke dir, dass du mir gezeigt hast, was engagierte und dennoch anspruchsvolle Kriminalliteratur ausmacht. Dir, Tobias Gohlis, vielen Dank. Thx for all an den Paten, Thomas Wörtche! Danke, Michael Wildenhain, für deinen literarischen Input, deinen Rat und deinen Hinweis auf die Geschichten zwischen der Geschichte. Wie auch Euch, liebe Kolleg*innen des Stipendiums der bayerischen Akademie des Schreibens und des Literaturforums im Brecht-Haus. Vor allem dir, Mechthild Lanfermann, für deinen mutmachenden Satz: »Ich mag Roja.« Er hat mich begleitet. Dir, Kathrin Lange, vom Literaturhaus München und dir, Patricia Preuß, vom Literaturarchiv Sulzbach-Rosenberg ein Dankeschön für die Moderation, Motivation und Organisation. Danke an die Rosa-Luxemburg-Stiftung für die Förderung der Romanwerkstatt im Literaturforum im Brecht-Haus. Wolfgang Lanzinger, Dankschön für die Organisation des Pluskurses am Gymnasium Dorfen, wie auch deinen engagierten Schüler*innen, die gemeinsam mit mir die Zeitzeugen und Fachleute befragt haben. Auch dir, Nevfel Cumart, sei gedankt für deine Hinweise zum Islam; und dir, Canan Candemir, für die tiefen Einblicke. Merci, Flo Tempel, für die Recherche im Archiv der Süddeutschen Zeitung. Dankschön, Toni Renner, für deine persönliche Geschichte, das historische Material und die Möglichkeit zur Recherche im Archiv des Münchner Merkurs. Wie auch dir, Wolfgang Krzizok. Herzlichen Dank an Sie, Armin Maier, für die bewegenden Geschichten um Ihren Vater. Dank dir, Oberarzt Christian Brisch, für die Beratung und das Interview im Pluskurs zu Fragen der menschlichen Psyche. Dankschön, »Tretti«. Alles Gute für dich und deine Familie! Muchas gracias, Kawaletti, für die professionelle Kritik. Punk's not dead! Auch dir, Moritz Mühlenthaler, Kollege, für deine kritischen Anmerkungen. Wie auch dir, Andrea Friedel, unserer Hebamme. Abschließend darfst natürlich du, Katharina Picandet, mit dem tödlichen Stift nicht fehlen, ohne dich hätten sich die Fronten nicht so zugespitzt.

Und all jenen, die an mich und den Roman geglaubt haben und die ich an dieser Stelle vergessen habe.